BRIGA DAS PASTORAS
e outras histórias

Mário de Andrade e a busca do popular

COORDENAÇÃO EDITORIAL Lígia Azevedo e Graziela Ribeiro dos Santos
REVISÃO Carla Mello Moreira

EDIÇÃO DE ARTE Natalia Zapella
PRODUÇÃO INDUSTRIAL Alexander Maeda
IMPRESSÃO Forma Certa Gráfica Digital

Dados Internacionais de Catalogação na Publicação (CIP)
(Câmara Brasileira do Livro, SP, Brasil)

Andrade, Mário de, 1893-1945.
Briga das pastoras e outras histórias: Mário de Andrade e a busca do popular / organização Ivan Marques; ilustrações Mauricio Negro. – São Paulo: Edições SM, 2016.

Bibliografia.
ISBN 978-85-418-1245-0

1. Contos brasileiros 2. Crônicas brasileiras
I. Marques, Ivan. II. Negro, Mauricio. III. Título.

CDD-869.3
15-11200 -869.8

Índices para catálogo sistemático:
1. Contos : Literatura brasileira 869.3
2. Crônicas : Literatura brasileira 869.8

1ª edição janeiro de 2016
6ª impressão 2025

SM EDUCAÇÃO
Avenida Paulista 1842 - 18ºAndar, cj. 185, 186 e 187 - Cetenco Plaza
Bela Vista 01310-945 São Paulo SP Brasil
Tel. (11) 2111-7400
atendimento@grupo-sm.com
www.smeducacao.com.br

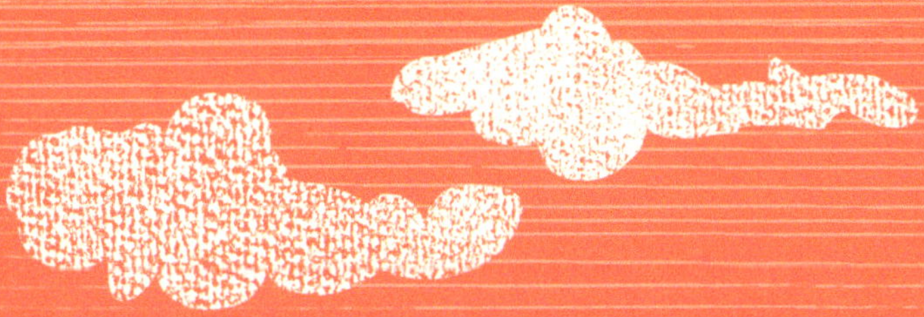

BRIGA DAS PASTORAS
e outras histórias

Mário de Andrade e a busca do popular

ORGANIZAÇÃO
Ivan Marques

ILUSTRAÇÕES
Mauricio Negro

sm

Sumário

7. Apresentação

14. Briga das pastoras
26. Será o Benedito!
32. Foi sonho
38. A tribo dos Pacaás Novos
44. Caso da cascata
48. A pesca do dourado
52. Tempo de dantes
56. Vida do cantador (última lição)
64. Chico Antônio
70. Bom Jardim
74. Piá não sofre? Sofre.
90. Túmulo, túmulo, túmulo
106. Primeiro de Maio

121. O apaixonado da coisa popular
139. Referências bibliográficas

Apresentação

As imagens do povo frequentam as páginas da literatura brasileira desde o seu nascimento, ou seja, desde a Carta de Pero Vaz de Caminha. Ao longo dos séculos, viajantes e escritores ostentaram as suas "descobertas do Brasil", tendência que se intensificou no período romântico, quando houve também na Europa o despertar de povos e de nações. Foi no século XIX que surgiu a palavra *folklore*, para designar a "sabedoria popular". Nos jovens países americanos, os intelectuais se lançaram por todos os meios à busca da identidade étnica ou nacional. No século XX, Mário de Andrade perseguiu a mesma pista — não como um romântico tardio, mas com agudeza e consciência crítica verdadeiramente modernas.

Uma coisa é a valorização da cultura popular. Outra, bem diferente, é a preocupação com a realidade sofrida dos que a produzem, pois a cultura popular é uma criação das camadas subalternas da sociedade. Como observou o filósofo italiano Antonio Gramsci, o povo pode ser o personagem principal de uma trama artística e, ao mesmo tempo, nela se encontrar ausente. No Brasil, essa foi precisamente a regra. Na velha literatura regionalista, por exemplo, a simpatia pelo povo quase sempre vinha acompanhada de paternalismo e soberba. Como interromper essa longa história de ocultamentos? Como trazer o povo ao proscênio, sem medo ou preconceito por parte das classes privilegiadas? Aí justamente reside a contribuição de escritores como Mário de Andrade.

Foi a partir do Modernismo que o povo se tornou, de fato, personagem central da literatura brasileira. Nesse processo, o autor de *Macunaíma* teve dupla atuação, deixando legados decisivos como escritor e estudioso da cultura popular. A pesquisa, que se desdobrou em vários projetos, ajudou a dar espessura e singularidade ao Modernismo brasileiro no contexto das vanguardas latino-americanas.

Como folclorista, Mário de Andrade deixou obra insuperável e avançada, se considerarmos que em sua época esses estudos ainda eram rudimentares no Brasil. A riqueza folclórica do seu *Ensaio sobre música brasileira*, publicado em 1928, impressionou Luiz da Câmara Cascudo: "É o primeiro ensaio sobre a música brasileira feito por quem sabe música e recolhe material por mão própria", escreveu o etnógrafo em 1934. Mário publicou também os volumes *Compêndio de história da música* (1929) e *Modinhas imperiais* (1930). Planejou ainda escrever uma obra alentada sobre a cultura popular nordestina, o livro *Na pancada do ganzá*, que deixou incompleto.

Boa parte dessa produção surgiu em decorrência das duas viagens etnográficas que Mário de Andrade realizou ao Norte e ao Nordeste, em 1927 e 1929, cujos relatos compõem o livro *O turista aprendiz*, publicado na década de 1970. Após a morte do escritor, sua ex-aluna Oneyda Alvarenga já havia aproveitado parte do material nos livros *Danças dramáticas do Brasil*, *Música de feitiçaria no Brasil*, *Os cocos* e *As melodias do boi e outras peças*. Outra publicação póstuma foi o *Dicionário musical brasileiro*, projeto iniciado por Oneyda e concluído por Flávia Camargo Toni.

Entre 1935 e 1938, Mário esteve à frente do Departamento de Cultura da Prefeitura de São Paulo. Nesse período, levou adiante os projetos da *Revista do Arquivo Municipal* e da Sociedade de Etnografia e Folclore. Outras duas iniciativas importantes foram o Curso de Etnografia, ministrado em 1937 por Claude Lévi-Strauss e Dina Dreyfus, e a Missão de Pesquisas Folclóricas, chefiada por Luís Saia, que viajou em 1938 para o Norte e Nordeste. Nessa época, o escritor se aproximou ainda de Roger Bastide, que seria mestre de Florestan Fernandes e outros pesquisadores da cultura popular, já em âmbito universitário. Desde logo foi

reconhecido o papel desempenhado por Mário de Andrade nesse processo de transição dos velhos estudos sobre o folclore, iniciados ainda no século XIX por escritores como José de Alencar e Sílvio Romero, para as pesquisas mais rigorosas que coincidem com o nascimento das Ciências Sociais no Brasil.

Como literato, o autor de *Macunaíma* evidentemente aproveitou muito de suas viagens e do trabalho de folclorista. A partir do contato com o povo, pôde construir as bases de sua língua literária (sempre tão cheia de matizes, viva e saborosa como uma boa conversa) e extrair dados para uma reflexão em profundidade sobre o Brasil. Mário costumava alertar para os perigos da "adesão incondicional ao povo". Segundo ele, o criador erudito pode usar o popular, mas "não se transforma em popular". Parecia-lhe essencial problematizar a diferença entre o intelectual e o homem do povo. Com efeito, a atitude de ocultar essa distância, para simular uma identidade nacional que não existe, define o discurso populista (que não se interessa de verdade pelo povo), mas não a arte de *Macunaíma*, *Vidas secas* e *Grande sertão: veredas*, para citar apenas três grandes exemplos.

A presente antologia revela a riqueza de motivos e inspirações que Mário de Andrade absorveu da cultura popular e dos seus diversos contatos com caipiras do Norte e do Sul, da roça e da cidade. Ao mesmo tempo, põe em evidência as dificuldades enfrentadas pelo escritor em seu espinhoso projeto de "ida ao povo".

O escritor "apaixonado da coisa popular" aparece inteiro em narrativas curtas e bem-humoradas como "Tempo de dantes", "A pesca do dourado" e "Foi sonho", compostas no período entre 1928 e 1933 e incluídas no livro de crônicas *Os filhos da Candinha*, de 1943. A paixão se mostra ainda mais intensa nas histórias dedicadas ao cantador Chico Antônio, com quem ele conviveu durante seis dias no engenho Bom Jardim, no Rio Grande do Norte. Publicadas na *Folha da Manhã* em 1943 e 1944, essas crônicas foram reunidas no volume *Vida do cantador*, organizado por Raimunda de Brito Batista.

Já o espírito vanguardista, conectado ao primitivismo europeu das primeiras décadas do século XX, está presente no "Caso da cascata", fragmento de *Macunaíma* (capítulo 4, "Boiuna Luna") que Mário publicou separadamente em novembro de 1927 na revista *Verde*, de Cataguases. Na mesma categoria, poderia ser incluído o admirável "A tribo dos Pacaás Novos", trecho da primeira parte de *O turista aprendiz*, em que o viajante narra sua aventura amazônica. Com esse relato fictício, o escritor vira de pernas para o ar as nossas concepções sobre cultura e civilização, seguindo de perto a lição de filósofos e etnógrafos que na época combatiam o etnocentrismo.

Mas não é só o "povo folclórico" que atrai a curiosidade de Mário de Andrade. A matéria popular também será buscada na cidade, ou melhor, em sua zona suburbana, onde Belazarte, alter ego do escritor, ambienta suas narrativas de gente pobre e infeliz, sempre "atento às dificuldades miúdas do cotidiano".

Exemplo emblemático é o do conto "Piá não sofre? Sofre.", de 1926, que integra o livro *Os contos de Belazarte*, publicado em 1934. A desventura do menino Paulino, acumulando sofrimentos sem saber por que era tão miserável, serve para denunciar a monstruosidade do processo excludente de modernização. O envolvimento do narrador fica claro pela presença do lirismo e do discurso indireto livre, por meio do qual a sua voz se mistura à do personagem.

Escrito na década de 1930, em outro contexto histórico, "Primeiro de Maio" segue, como num roteiro cinematográfico, o anônimo carregador de malas, batizado de 35, em suas andanças no Dia do Trabalho pela cidade de São Paulo. Incluída em *Contos novos*, volume publicado postumamente em 1947, a narrativa leva adiante o projeto de focalizar o homem do povo de modo realista e crítico, vendo nele menos heroísmo do que alienação e subserviência, reduzindo-o a um número, a um "herói-fracassado", na expressão de Francisco Foot Hardman, sob a tutela do patriarcalismo autoritário.

Três contos, narrados na primeira pessoa, tratam das relações, ao mesmo tempo amistosas e desencontradas, que o intelectual estabelece com integrantes das classes populares. "Será o Benedito!", de 1939, relata o seu convívio no interior paulista com o negrinho Benedito, "muito sabido das coisas rurais", para quem o narrador contava "todas as coisas da cidade". Em "Túmulo, túmulo, túmulo", de 1926, o ambiente é a Pauliceia. Belazarte conta a história de sua "amizade" com o seu criado Ellis: "Caso triste foi o que sucedeu lá em casa mesmo...". Além de denunciar "a difícil integração do negro na sociedade de classes", título do famoso estudo de Florestan Fernandes, o conto revela o orgulho de classe e o ranço escravista que subsistem na sociedade, até mesmo entre os intelectuais interessados na "coisa popular".

Em "Briga das pastoras", de 1939, Mário de Andrade volta a pôr o dedo na ferida. O conto, incluído na segunda edição do livro *Primeiro andar*, que passou a integrar o volume *Obra imatura*, reconstitui o momento decisivo em que o folclorista, em sua viagem ao Nordeste, entra em contato com a horrível miséria que está na base das manifestações da cultura popular. Sem saltar de um polo a outro, da riqueza cultural às agruras do cotidiano, como seria possível o conhecimento íntimo do povo? Sem questionar a si mesma, a literatura poderia algum dia se tornar moderna e crítica? Para escritores como Mário de Andrade, a questão era de vida ou morte. Portanto, para além das imagens do povo, esta coletânea também destaca as dificuldades vividas pelo intelectual em sua interação com essa presença inspiradora, mas também incômoda e perturbante — conflito que se tornou um dos problemas essenciais da cultura brasileira moderna.

Ivan Marques

Nesta edição, respeitamos as peculiaridades de estilo, sintaxe e ortografia de Mário de Andrade, que muitas vezes não seguem as normas gramaticais.

Briga das pastoras

Publicado originalmente em 1939 na revista *O Cruzeiro*; incluído em 1960 no livro *Obra imatura*

Chegáramos à sobremesa daquele meu primeiro almoço no engenho e embora eu não tivesse a menor intimidade com ninguém dali, já estava perfeitamente a gosto entre aquela gente nordestinamente boa, impulsivamente generosa, limpa de segundos pensamentos. E eu me pus falando entusiasmado nos estudos que vinha fazendo sobre o folclore daquelas zonas, o que já ouvira e colhera, a beleza daquelas melodias populares, os bailados, e a esperança que punha naquela região que ainda não conhecia. Todos me escutavam muito leais, talvez um pouco longínquos, sem compreender muito bem que uma pessoa desse tanto valor às cantorias do povo. Mas concordando com efusão, se sentindo satisfeitamente envaidecidos daquela riqueza nova de sua terra, a que nunca tinham atentado bem.

Foi quando, estávamos nas vésperas do Natal, da "Festa" como dizem por lá, sem poder supor a possibilidade de uma rata, lhes contei que ainda não vira nenhum pastoril, perguntando se não sabiam da realização de nenhum por ali.

— Tem o da Maria Cuncau, estourou sem malícia o Astrogildo, o filho mais moço, nos seus treze anos simpáticos e atarracados, de ótimo exemplar "cabeça chata".

Percebi logo que houvera um desarranjo no ambiente. A sra. dona Ismália, mãe do Astrogildo, e por sinal que linda senhora de corpo antigo, olhara inquieta o filho, e logo disfarçara, me respondendo com firmeza exagerada:

— Esses brinquedos já estão muito sem interesse por aqui... (As duas moças trocavam olhares maliciosos lá no fundo da mesa, e Carlos, a esperança da família, com a liberdade de seus vinte e dois anos, olhava a mãe com um riso sem ruído, espalhado no rosto). Ela porém continuava firme: pastoril fica muito dispendioso, só as famílias é que faziam... antigamente. Hoje não fazem mais...

Percebi tudo. A tal de Maria Cuncau certamente não era "família" e não podia entrar na conversa. Eu mesmo, com a maior naturalidade, fui desviando a prosa, falando em bumba meu boi, cocos, e outros assuntos que me vinham agora apenas um pouco encurtados pela preocupação de disfarçar. Mas o senhor do engenho, com o seu admirável, tão nobre quanto antidiluviano cavanhaque, até ali impassível à indiscrição do menino, se atravessou na minha fala, confirmando que eu deveria estar perfeitamente à vontade no engenho, que os meus estudos haviam naturalmente de me prender noites fora de casa, escutando os "coqueiros", que eu agisse com toda a liberdade, o Carlos havia de me acompanhar. Tudo sussurrado com lentidão e uma solicitude suavíssima que me comoveu. Mas agora, com exceção do velho, o mal-estar se tornara geral. A alusão era sensível e eu mesmo estava quasi estarrecido, se posso me exprimir assim. Por certo que a Maria Cuncau era pessoa de importância naquela família, não podia imaginar o que, mas garantidamente não seria apenas alguma mulher perdida, que causasse desarranjo tamanho naquele ambiente.

Mas foi deslizantemente lógico todos se levantarem pois que o almoço acabara, e eu senti dever uma carícia à sra. dona Ismália, que não podia mais evitar um certo abatimento naquele seu mutismo de olhos baixos. Creio que fui bastante convincente, no tom filial que pus na voz pra lhe elogiar os maravilhosos pitus, porque ela me sorriu, e nasceu entre nós um desejo de acarinhar, bem que senti. Não havia dúvida: Maria Cuncau devia ser uma tara daquela família, e eu me amaldiçoava de ter falado em pastoris. Mas era impossível um carinho entre mim e a dona da casa, apenas conhecidos de três horas; e enquanto o Carlos ia ver si os cavalos estavam prontos para o nosso passeio aos partidos de cana, fiquei dizendo coisas meio ingênuas, meio filiais à sra. dona Ismália, jurando no íntimo que não iria ao Pastoril da Maria Cuncau. E como num momento as duas moças, ajudando a criadinha a tirar a mesa, se acharam ausentes, não resisti mais, beijei a mão da sra. dona Ismália. E fugi para o terraço, lhe facilitando esconder as duas lágrimas de uma infelicidade que eu não tinha mais direito de imaginar qual.

O senhor do engenho examinava os arreios do meu cavalo. Lhe fiz um aceno de alegria e lá partimos, no arranco dos animais fortes, eu, o Carlos, e mais o Astrogildo num petiço atarracado e alegre que nem ele. A mocidade vence fácil os mal-estares. O Astrogildo estava felicíssimo, no orgulho vitorioso de ensinar o homem do sul, mostrando o que era boi, o que era carnaúba; e das próprias palavras do mano, Carlos tirava assunto pra mais verdadeiros esclarecimentos. Maria Cuncau ficara pra trás, totalmente esquecida.

Foram três dias admiráveis, passeios, noites atravessadas até quasi o "nascer da bela aurora", como dizia a toada, na conversa e na escuta dos cantadores da zona, até que chegou o dia da Festa. E logo a imagem da Maria Cuncau, cuidadosamente escondida aqueles dias, se impôs violentamente ao meu desejo. Eu tinha que ir ver o Pastoril de Maria Cuncau. O diabo era o Carlos que não me largava, e embora já estivéssemos amigos íntimos e eu sabedor de todas as suas aventuras na zona e farras no Recife, não tinha coragem de tocar no assunto nem meios pra me desvencilhar do rapaz. Nas minhas conversas com os empregados e cantadores bem que me viera uma vontadinha de perguntar quem era essa Maria Cuncau, mas si eu me prometera não ir ao Pastoril da Maria Cuncau! por que perguntar!... Tinha certeza que ela não me interessava mais, até que com a chegada da Festa, ela se impusera como uma necessidade fatal. Bem que me sentia ridículo, mas não podia comigo.

Foi o próprio Carlos quem tocou no assunto. Delineando o nosso programa da noite, com a maior naturalidade deste mundo, me falou que depois do Bumba que viria dançar de-tardinha na frente da casa-grande, daríamos um giro pelas rodas de coco, fazendo hora pra irmos ver o Pastoril da Maria Cuncau. Olhei-o e ele estava simples, como se não houvesse nada. Mas havia. Então falei com minha autoridade de mais velho:

— Olhe, Carlos, eu não desejava ir a esse pastoril. Me sinto muito grato à sua gente que está me tratando como não se trata um filho, e faço questão de não desagradar a... a ninguém.

Ele fez um gesto rápido de impaciência:

— Não há nada! isso é bobagem de mamãe!... Maria Cuncau parece que... Depois ninguém precisa saber de nada, nós voltamos todos os dias tarde da noite, não voltamos?... Vamos só ver, quem sabe si lhe interessa... Maria Cuncau é uma velha já, mora atrás da "rua", num mocambo, coitada...

E veio a noitinha com todas as suas maravilhas do Nordeste. Era uma noite imensa, muito seca e morna, lenta, com aquele vaguíssimo ar de tristeza das noites nordestinas. O bumba meu boi, propositalmente encurtado pra não prender muito a gente da casa-grande, terminara lá pela meia-noite. A sra. dona Ismália se recolhera mais as filhas e a raiva do Astrogildo que teimava em nos acompanhar. O dono da casa desde muito que dormia, indiferente àquelas troças em que, como lhe escapara numa conversa, se divertira bem na mocidade. Retirado o grande lampião do terraço, estávamos sós, Carlos e eu. E a imensa noite. O pessoal do engenho se espalhara. Os ruídos musicais se alastravam no ar imóvel. Já desaparecera nalguma volta longe do caminho, o rancho do Boi que demandava a rua, onde ia dançar de novo o seu bailado até o raiar do dia. Um "chama" roncava longíssimo, talvez nalgum engenho vizinho, nalguma roda de coco. As luzes se acendiam espalhadas como estrelas, eram os moradores chegando em suas casas pobres. E de repente, lá para os lados do açude onde o massapê jazia enterrado mais de dois metros no areião, desde a última cheia, depois de uns ritmos debulhados de ganzá, uma voz quente e aberta, subira noite em fora, iniciando um coco bom de sapatear.

Olê, rosêra,
Murchaste a rosa!...

Era sublime de grandeza. A melancolia da toada, viva e ardente, mas guardando um significado íntimo, misterioso, quasi trágico de desolação, casava bem com a meiga tristeza da noite.

Olê, rosêra,
Murchaste a rosa!...

E as risadas feriam o ar, os gritos, o coco pegara logo animadíssimo, aquela gente dançava, sapateava na dança, alegríssima, o coro ganhava amplidão no entusiasmo, as estrelas rutilavam quasi sonoras, o ar morno era quasi sensual, tecido de cheiros profundos. E era estranhíssimo. Tudo cantava, Cristo nascia em Belém, se namorava, se ria, se dançava, a noite boa, o tempo farto, o ano bom de inverno, vibrava uma alegria enorme, uma alegria sonora, mas em que havia um quê de intensamente triste. E um solista espevitado, com uma voz lancinante, própria de aboiador, fuzilava sozinho, dilacerando o coro, vencendo os ares, dominando a noite:

Vô m'imbora, vô m'imbora
Pá Paraíba do Norte!...

E o coro, em sua humanidade mais serena:

Olê, rosêra,
Murchaste a rosa!...

Nós caminhávamos em silêncio, buscando o Pastoril e Maria Cuncau. Minha decisão já se tornara muito firme pra que eu sentisse qualquer espécie de remorso, havia de ver a Maria Cuncau. E assim liberto, eu me entregava apenas, com delícias inesquecíveis, ao mistério, à grandeza, às contradições insolúveis daquela noite imensa, ao mesmo tempo alegre e triste, era sublime. E o próprio Carlos, mais acostumado e bem mais insensível, estava calado. Marchávamos rápido, entregues ao fascínio daquela noite da Festa.

A rua estava iluminada e muita gente se agrupava lá, junto a casa de alguém mais importante, onde o rancho do boi bailava, já em plena representação outra vez. Entre duas casas, Carlos me puxando pelo braço, me fez descer por um caminhinho cego, tortuoso, que num aclive forte, logo imaginei que daria nalgum riacho. Com efeito, num minuto de descida brusca, já mais acostumados à escuridão da noite sem lua, pulávamos por umas pedras que suavemente desfiavam uma cantilena de água pobre. Era agora uma subida ainda mais escura, entre árvores copadas, junto às quais se erguiam como sustos, uns mocambos fechados. Um homem passou por nós. E logo, pouco além, surgiu por trás dum dos mocambos, uma luz forte de lampião batendo nos chapéus e cabeleiras de homens e mulheres apinhados juntos a uma porta. Era o mocambo de Maria Cuncau.

Chegamos, e logo aquela gente pobre se arredou, dando lugar para os dois ricos. Num relance me arrependi de ter vindo. Era a coisa mais miserável, mais degradantemente desagradável que jamais vira em minha vida. Uma salinha pequeníssima, com as paredes arrimadas em mulheres e crianças que eram fantasmas de miséria, de onde fugia um calor de forno, com um cheiro repulsivo de sujeira e desgraça. Dessa desgraça horrível, humanamente desmoralizadora, de seres que nem siquer se imaginam desgraçados mais. Cruzavam-se no teto uns cordões de bandeirolas de papel de embrulho, que se ajuntavam no fundo da saleta, caindo por detrás da lapinha mais tosca, mais ridícula que nunca supus. Apenas sobre uma mesa, com três velinhas na frente grudadas com seu próprio sebo na madeira sem toalha, um caixão de querosene, pintado no fundo com uns morros muito verdes e um céu azul-claro cheio de estrelas cor-de-rosa, abrigava as figurinhas santas do presépio, minúsculas, do mais barato bricabraque imaginável.

O pastoril já estava em meio ou findava, não sei. Dançando e cantando, aliás com a sempre segura musicalidade nordestina, eram nove mulheres, de vária idade, em dois cordões, o cordão azul e o encarnado da tradição, com mais a Diana ao centro. O que cantavam, o que diziam não sei, com suas toadas sonolentas, de visível importação urbana, em que a horas tantas julguei perceber até uma marchinha carioca de carnaval.

Mas eu estava completamente desnorteado por aquela visão de miséria degradada, perseguido de remorsos, cruzado de pensamentos tristes, saudoso da noite fora. E arrependido. Tanto mais que a nossa aparição ali, trouxera o pânico entre as mulheres. Se antes já trejeitavam sem gosto, no monótono cumprimento de um dever, agora que duas pessoas “direitas” estavam ali, seus gestos, suas danças, se desmanchavam na mais repulsiva estupidez. Todas seminuas com uns vestidos quasi trapos, que tinham sido de festas e bailes muito antigos, e com a grande faixa azul ou encarnada atravessando do ombro à cintura, braços nus, os colos magros desnudados, em que a faixa colorida apertava a abertura dos seios murchos. Mais que a Diana central, rapariguinha bem tratada e nova, quem chamava a atenção era a primeira figura do cordão azul. Seu vestido fora rico há vinte anos atrás, todo inteirinho de lantejoulas brilhantes, que ofuscavam contrastando com os outros vestidos opacos em suas sedinhas ralas. Essa a Maria Cuncau, dona do pastoril e do mocambo.

Fora, isto eu sube depois, a moça mais linda da Mata, filha de um morador que voltara do sul casado com uma italiana. Dera em nada (e aqui meu informante se atrapalhou um bocado) porque um senhor de engenho, naquele tempo ainda não era senhor de engenho não, a perdera. Tinha havido facadas, o pai, o João Cuncau morrera na prisão, ela fora mulher-dama de celebridade no Recife, depois viera pra aquela miséria de velhice em sua terra, onde pelo menos, de vez em quando, às escondidas, o senhor de engenho, dinheiro não mandava não, que também já tinha pouco pra educar os filhos, mas enfim sempre mandava algum carneiro pra ela vender ou comer.

Maria Cuncau, assim que nos vira, empalidecera muito sob o vermelho das faces, obtido com tinta de papel de seda. Mas logo se recobrara, erguera o rosto, sacudindo pra trás a violenta cabeleira agrisalhada, ainda voluptuosa, e nos olhava com desafio. Rebolava agora com mais cuidado, fazendo um esforço infinito pra desencantar do fundo da memória, as graças antigas que a tinham celebrizado em moça. E era sórdido. Não se podia siquer supor a sua beleza falada, não ficara nada. A não ser aquele vestido de lantejoulas rutilantes, que pendiam, num ruidinho escarninho, enquanto Maria Cuncau malhava os ossos curtos, frágil, baixinha, olhos rubescentes de alcoolizada, naquele reboleio de pastora.

Quando dei tento de mim, é que a coisa acabara, com uns fracos aplausos em torno e as risadas altas dos homens. As pastoras se dispersavam na sala, algumas vinham se esconder no sereno, passando por nós de olhos baixos, encabuladíssimas. Carlos, bastante inconsciente, examinava sempre os manejos da Diana moça, na sua feroz animalidade de rapaz. Mas eu lhe tocava já no braço, queria partir, me livrar daquele ambiente sem nenhum interesse folclórico, e que me repugnava pela sordidez. Maria Cuncau, que fingindo conversar com as mulheres da sala, enxugava muito a cara, nos olhando de soslaio, adivinhou minha intenção. Se dirigiu francamente pra nós e convidou, meio apressada mas sem nenhuma timidez, com decisão:

— Os senhores não querem adorar a lapinha!...

Decerto era nisso que todas aquelas mulheres pensavam porque num segundo vi todas as pastoras me olhando na sala e as que estavam de fora se chegando à janelinha pra me examinar. Percebi logo a finalidade do convite, quando cheguei junto da lapinha, enquanto o Carlos se atrasava um pouco, tirando um naco desajeitado de conversa com a Diana. Os outros assistentes também desfilavam junto ao presépio, parece que rezavam alguma coisa, e alguns deixavam escorregar qualquer níquel num pires colocado bem na frente do Menino-Deus. Fingi contemplar com muito respeito a lapinha, mas na verdade estava discutindo dentro comigo quanto daria. Já não fora pouco o que o rancho do Boi me levara, e aliás as pessoas da casa-grande estavam sempre me censurando pelo muito que eu dava aos meus cantadores. Puxei a carteira, decidido a deixar uns vinte mil-réis no pires. Seria uma fortuna entre aqueles níqueis magriços em que dominava uma única rodela mais volumosa de cruzado. Porém, se ansiava por sair dali, estava também muito comovido com toda aquela miséria, miséria de tudo. A Maria Cuncau então me dava uma piedade tão pesada, que já me seria difícil especificar bem si era comiseração si era horror.

Sinto é maltratar os meus leitores. Este conto que no princípio parecia preparar algum drama forte, e já está se tornando apenas uma esperança de dramazinho miserável, vai acabar em plena mesquinharia. Quando puxei a carteira, decidido a dar vinte mil-réis, a piedade roncou forte, tirei com decisão a única nota de cinquenta que me restava da noite e pus no pires. Todos viram muito bem que era uma nota, e eu já me voltava pra partir, encontrando o olho de censura que o Carlos me enviava. O mal foi um mulatinho esperto, não sei si sabia ler ou conhecia dinheiro, que estava junto de mim, me devorando os gestos, extasiado. Não pôde se conter, casquinou uma risada estrídula de comoção assombrada, e apenas conseguiu ainda agarrar com a mão fechada a enorme palavra-feia que esteve pra soltar, gritou:

— Pó... cincoentão!

Foi um silêncio de morte. Eu estava desapontadíssimo, ninguém me via, ninguém se movia, as pastoras todas estateladas, com os olhos fixos no pires. Carlos continuava parado, esquecido da Diana que também não o via mais, olhava o pires. E ele sacudia de leve o rosto para os lados, me censurando.

— Vamos, Carlos.

E nos dirigimos para a porta da saída. Mas nisto, aquela pastora do cordão encarnado que estava mais próxima da lapinha, num pincho agílimo (devia estar inteiramente desvairada pois lhe seria impossível fugir), abrindo caminho no círculo apertado, alcançou o pires, agarrou a nota, enquanto as outras moedinhas rolavam no chão de terra socada. Mas Maria Cuncau fora tão rápida como a outra, encontrara de peito com a fugitiva, foi um baque surdo, e a luta muda, odienta, cheia de guinchos entre as duas pastoras enfurecidas. Nós nos voltáramos aturdidos com o caso e a multidão devorava a briga das pastoras, também pasma, incapaz de socorrer ninguém. E aqueles braços se batiam, se agarravam, se entrelaçavam numa briga chué, entre bufidos selvagens, até que Maria Cuncau, mordendo de fazer sangue o punho da outra, lhe agarrou a nota, enfiou-a fundo no seio, por baixo da faixa azul apertada. A outra agora chorava, entre borbotões de insultos horríveis.

— É da lapinha! que Maria Cuncau grunhia, se encostando na mesa, esfalfada. É da lapinha!

Os homens já se riam outra vez com caçoadas ofensivas, e as pastoras se ajuntando, faziam dois grupos em torno das briguentas, consolando, buscando consertar as coisas.

Partimos apressados, sem nenhuma vontade ainda de rir nem conversar, descendo por entre as árvores, com dificuldade, desacostumados à escureza da noite. Já estávamos quasi no fim da descida, quando um ruído arrastado de animal em disparada, cresceu por trás de nós. Nem bem eu me voltara que duas mãos frias me agarraram pela mão, pelo braço, me puxavam, era Maria Cuncau. Baixinha, magríssima, naquele esbulho grotesco de luz das lantejoulas, cabeça que era um ninho de cabelos desgrenhados...

— Moço! ôh moço!... me deixa alguma nota pra mim também, aquela é da lapinha!... eu preciso mais! aquela é da lapinha, moço!

Aí, Carlos perdeu a paciência. Agarrou Maria Cuncau com aspereza, maltratando com vontade, procurando me libertar dela:

— Deixe de ser sem-vergonha, Maria Cuncau! Vocês repartem o dinheiro, que história é essa de dinheiro pra lapinha! largue o homem, Maria Cuncau!

— Moço! me dá uma nota pra... me largue, seu Carlos!

E agora se estabelecia uma verdadeira luta entre ela e o Carlos fortíssimo, que facilmente me desvencilhara dela.

— Carlos, não maltrate essa coitada...

— Coitada não! me largue, seu Carlos, eu mordo!...

— Vá embora, Maria Cuncau!

— Olha, esta é pra...

— Não! não dê mais não! faço questão que...

Porém Maria Cuncau já arrancara o dinheiro da minha mão e num salto pra trás se distanciara de nós, olhando a nota. Teve um risinho de desprezo:

— Vôte! só mais vinte!...

E então se aprumou com orgulho, enquanto alisava de novo no corpo o vestido desalinhado. Olhou bem fria o meu companheiro:

— Dê lembrança a seu pai.

Desatou a correr para o mocambo.

Será o Benedito!

Publicado originalmente em 1939 no jornal *O Estado de S. Paulo*; incluído em 1992 no livro *Será o Benedito!*

A primeira vez que me encontrei com Benedito, foi no dia mesmo da minha chegada na Fazenda Larga, que tirava o nome das suas enormes pastagens. O negrinho era quase só pernas, nos seus treze anos de carreiras livres pelo campo, e enquanto eu conversava com os campeiros, ficara ali, de lado, imóvel, me olhando com admiração. Achando graça nele, de repente o encarei fixamente, voltando-me para o lado em que ele se guardava do excesso de minha presença. Isso, Benedito estremeceu, ainda quis me olhar, mas não pôde aguentar a comoção. Mistura de malícia e de entusiasmo no olhar, ainda levou a mão à boca, na esperança talvez de esconder as palavras que lhe escapavam sem querer:

— O hôme da cidade, chi!...

Deu uma risada quase histérica, estalada insopitavelmente dos seus sonhos insatisfeitos, desatou a correr pelo caminho, macaco-aranha, num mexe-mexe aflito de pernas, seis, oito pernas, nem sei quantas, até desaparecer por detrás das mangueiras grossas do pomar.

Nos primeiros dias Benedito fugiu de mim. Só lá pelas horas da tarde, quando eu me deixava ficar na varanda da casa-grande, gozando essa tristeza sem motivo das nossas tardes paulistas, o negrinho trepava na cerca do mangueirão que defrontava o terraço, uns trinta passos além, e ficava, só pernas, me olhando sempre, decorando os meus gestos, às vezes sorrindo para mim. Uma feita, em que eu me esforçava por prender a rédea do meu cavalo numa das argolas do mangueirão com o laço tradicional, o negrinho saiu não sei de onde, me olhou nas minhas ignorâncias de praciano, e não se conteve:

— Mas será o Benedito! Não é assim, moço!

Pegou na rédea e deu o laço com uma presteza serelepe. Depois me olhou irônico e superior. Pedi para ele me ensinar o laço, fabriquei um desajeitamento muito grande, e assim principiou uma camaradagem que durou meu mês de férias.

Pouco aprendi com o Benedito, embora ele fosse muito sabido das coisas rurais. O que guardei mais dele foi essa curiosa exclamação, "Será o Benedito!", com que ele arrematava todas as suas surpresas diante do que eu lhe contava da cidade. Porque o negrinho não me deixava aprender com ele, ele é que aprendia comigo todas as coisas da cidade, a cidade que era a única obsessão da sua vida. Tamanho entusiasmo, tamanho ardor ele punha em devorar meus contos, que às vezes eu me surpreendia exagerando um bocado, para não dizer que mentindo. Então eu me envergonhava de mim, voltava às mais perfeitas realidades, e metia a boca na cidade, mostrava o quanto ela era ruim e devorava os homens. "Qual, Benedito, a cidade não presta, não. E depois tem a tuberculose que..."

— O que é isso?...

— É uma doença, Benedito, uma doença horrível, que vai comendo o peito da gente por dentro, a gente não pode mais respirar e morre em três tempos.

— Será o Benedito...

E ele recuava um pouco, talvez imaginando que eu fosse a própria tuberculose que o ia matar. Mas logo se esquecia da tuberculose, só alguns minutos de mutismo e melancolia, e voltava a perguntar coisas sobre os arranha-céus, os "chauffeurs" (queria ser "chauffeur"...), os cantores de rádio (queria ser cantor de rádio...), e o presidente da República (não sei se queria ser presidente da República). Em troca disso, Benedito me mostrava os dentes do seu riso extasiado, uns dentes escandalosos, grandes e perfeitos, onde as violentas nuvens de setembro se refletiam, numa brancura sem par.

Nas vésperas de minha partida, Benedito veio numa corrida e me pôs nas mãos um chumaço de papéis velhos. Eram cartões-postais usados, recortes de jornais, tudo fotografias de São Paulo e do Rio, que ele colecionava. Pela sujeira e amassado em que estavam, era fácil perceber que aquelas imagens eram a única Bíblia, a exclusiva cartilha do negrinho. Então ele me pediu que o levasse comigo para a enorme cidade. Lembrei-lhe os pais, não se amolou; lembrei-lhe as brincadeiras livres da roça, não se amolou; lembrei-lhe a tuberculose, ficou muito sério. Ele que reparasse, era forte mas magrinho e a tuberculose se metia principalmente com os meninos magrinhos. Ele precisava ficar no campo, que assim a tuberculose não o mataria. Benedito pensou, pensou. Murmurou muito baixinho:

— Morrer não quero, não sinhô... Eu fico.

E seus olhos enevoados numa profunda melancolia se estenderam pelo plano aberto dos pastos, foram dizer um adeus à cidade invisível, lá longe, com seus "chauffeurs", seus cantores de rádio, e o presidente da República. Desistiu da cidade e eu parti.

30 Uns quinze dias depois, na obrigatória carta de resposta à minha obrigatória carta de agradecimentos, o dono da fazenda me contava que Benedito tinha morrido de um coice de burro bravo que o pegara pela nuca. Não pude me conter: “Mas será o Benedito!”... E é o remorso comovido que me faz celebrá-lo aqui.

Foi sonho

Publicado originalmente em 1935 na *Revista Acadêmica*; incluído em 1943 no livro *Os filhos da Candinha*

— Antão, Frorinda, que é isso! você tá lôca!... Será que você qué abandoná seu negro pru causo de ôtra muié?... Inda que eu fosse um desses misarave que dêxum fartá inté pão im casa, mais eu, Frorinda! que nunca te dexei sem surtimento! E inté trago tudo de sobra pá gente pudê sê filiz... Quando que na casa de sua mãi ocê usô argola nas orêia, feito deusa? sô eu, que quero ocê bunita sempe, bunita pr'eu querê bem, e não bunita pá gozá... Quando o Romero comprô aquela brusa de seda pra muié dele, num comprei logo um vistido intêro p'ocê?... Dêxa disso, Frorinda, eu ixprico tudo! Num bamo agora se disgraçá pr'uma coisinha de nada!

... Eu onte caí na farra, tanta gente mascarado divirtino, você tava tão longe pr'eu i buscá... Despois, minha mulé num é pra farra não! eu quis mulé foi pá tá im casa me sirvindo cum duçura, intrei na premera venda e bibi. Antão me deu uma corage de sê o que num tenho sido, você bem sabe que num tenho sido, mais quis caí na farra uma vêiz. Inté tava bem triste pruque de repente me alembrei que decerto o Romero tava im casa cum a famía, im veiz de andá sozinho cumo eu tava, feito sordado na vida... Porém já tinha bibido ôtra veiz, fiquei contente, puis num tenho que dá sastifação ninhuma p'u Romero, eu sô eu! Fui dexá as ferramenta na premera venda que eu sô cunhicido lá, tava todo sujo do trabaio, mai' justifiquei que pra caí na farra num caricia de me trocá. Farra é vergonha, pá sujo de pensamento, sujo de corpo num faiz má.

Agora nem num sei si devo contá o resto, Frorinda, pruque eu quero é num te mátratá, já tava bem tonto quano incontrei ela. Nunca tinha visto simiante criatura, mais ela vinha vistida de apache, que agora as muié deu pra visti carça no Carnavá... Vai, ela oiô pra mim e falô ansim: "Ôta mulato proletaro, bam' fazê cumunismo pá i no baile do Colombo junto." Eu inté num achei graça, mais porém todos tavum rindo do meu jeito, num quis fica pur tráis, me ri tamém. Intão ela s'incostô todinha e suspirô fingido. Todos caírum numa gargaiada que nem num sei o que me deu: pensei logo cumigo que seu negro, Frorinda, é hôme pra uma, duas, déiz muié, eu tava mêrmo tonto, inté jurguei que ocê havia de ficá sintida de seu hôme num demostrá que era capáis de tudo, dei um tapa na padaria dela que ela vuô longe. Antão ela chegô ôtra veiz, sem brincadêra, e segredô baixinho: "Bamo"? Praquê que hei-de falá... mais me deu ũa vontade de i cu'ela. Todos tavum reparando e sinti sastifação. Garrei na cintura dela e fui andano. Minha tenção era chegá nargum lugá sem gente e dá o fora, porém, você me discurpe, Frorinda, era só tenção, cheguemo no Colombo.

Foi a conta! Ansim qu'inxerguei aquela gentarada na maió imoralidade, me cunvinci difinitivo que tinha caído na farra, era tudo um sonho, nada num fazia má, bibi, dancei, caçuei c'os ôtro, ela só se ajeitano pá meu lado... Despois, quano me cunvidô pá i cu'ela, eu disse: "eu vô".

E agora você num qué mais eu só pur causo dessa mulé!... Ocê tá maginano que tenho argum amô pur aquela pirdida!... Eu inté paguei ela!... Foi que ela me falô que o pai apareceu lá im casa da patroa e pidiu cinco mirréis, dizeno que batia nela, eu tive dó, arrispundi: "Pur isso não, você tá quereno i cumigo, intão bamo que despois de eu fazê o sirviço, te dô os cinco mirréis." Tamém quantas veiz lá no trabaio, passa o bananêro, me dá ũa vontade, "Óia aqui, me dá duzentão de banana", você zanga? Pago, como, num trago niúma pr'ocê, você zanga? diga!... Hôme quano vê muié jeitosa, mermo que num seje sua mulé, vontade ele tem mêmo... Me deu vontade cumo das banana. Tamém cumi, paguei, num truxe nada pro ocê. E ocê zangô!...

Isso de "nossa cama", "nossa cama", bamo dexá de bobage, Frorinda! Eu tava bêbo, bêbado não! tava só tonto, num sei que tontice me deu, num tinha lugá, mato eu num gosto, levei ela pra nossa casa. Eu tava bêbo mêmo, púis você divia riagi... Im veiz de saí de casa toda chorano, me chamando de "sem vergonha", sem-vergonha não! que eu sempe tive vergonha na vida, num róbo, num bebo, nunca fiz má pra ninguém! Vô fazê má é pra mim, pruque si ocê me dexá, sinto que vô sofrê demais de te vê disgraçada.

... Nem sei si levei ela im casa na tenção de sê na nossa cama, eu quiria é lugá siguro... você acordô c'u riso dela. Mais porém quano ocê me chamô de sem-vergonha na frente dela, me bateu um ódio de tá manêra, eu disse: Há-de sê na tua cama, quente de teu corpo, sua!... E fiz. Você divia riagi!

Puis é... Hoje de-manhãzinha ela me apareceu lá im casa, fazeno um bué danado. Fui me acordando e pricurei logo ocê, era o custume. Ocê num tava... Antão veio tudo num crarão e logo pircibi que tinha feito ũa bestêra. "Ói, que eu falei pr'ela, é mió você num mete cumigo não, qu'eu já sô de ôtra." Ela garrô chorano arto pr'us vizinho, diz-que eu tinha tirado a honra dela... Fiquei surprindido, mais despois sortei ũa gargaiada, "Ôh negrinha, ocê num vem cum parte não! que quantos num te cunhecêru, heim, negra"!... Mais ela num vê de pará, tava juntano gente, ela gritava que era virge, que inté o Sandrino c'o

Romero vinherum pá meu lado, falando que si caricia de tistimunha, eles tavum pá me ajudá. Eu antão fiquei tão cego que crisci pra cima dela, mĩa vontade era matá, me sigurarum. Daí ela saiu correno, gritano que ia na Puliça. Foi quano o Romero priguntô de ocê, eu fui, fiquei bem carmo, arrispundi que ocê tinha ido na casa de sua mãi. Filizmente que ninguém num tinha iscuitado a increnca da noite...

Antão arresorvi vim buscá ocê. Ói, Frorinda, ocê bem sabe que num sô hôme pra tá tirano a honra de muié... Só tirei a honra de uma, foi você, pruque nós dois se pirtincia. Mais porém te dei a minha, que ocê é que guarda a honra de seu negro, num é mêrmo?... diga! E agora, será que ocê tá quereno me disonrá!... Antão você vai dá de mostrá pr'us ôtro que tu é uma disgraçada, quano num é!...

Eu inté num gosto de jurá pruque sô hôme cumpridô de sua palavra, mais... ói! te juro que nunca mais hei-de oiá pra ôtra mulé, é ocê que eu quero bem, te juro! Bamo fingi que tudo o que sucedeu num sucedeu, foi sonho, e hei-de te prová que foi sonho mêmo, num dexô siná. Bamo cumigo, Frorinda...

A tribo dos Pacaás Novos

Publicado originalmente em 1942 na *Revista Acadêmica*; incluído em 1976 no livro *O turista aprendiz*

Ontem, no passeio de lancha, tivemos ocasião de visitar a tribo dos Pacaás Novos, bastante curiosa pelos seus usos e costumes. Nem bem estávamos a um quarto de légua da tribo, já principiou nos comovendo bem desagradavelmente um cheiro mas tão repulsivo que só com muito trabalho consegui vencer, e chegar até o mocambo. Infelizmente minhas companheiras de viagem desistiram de ir ver, o que faz com que não possam testemunhar tudo o que pude admirar. O conjunto arquitetônico se compunha da casa-grande e uma dúzia de casinhas, muito semelhantes às de adobe e sapé do sul. Quando cheguei, uns curumis brincando no trilho deram o alarme de maneira estranha, sem um grito. Saltavam movendo as perninhas no ar com enorme rapidez e variedade de gestos pernis. Depois fugiram, indo esconder a completa nudez nos casinhotos. Imaginei que era medo de gente branca, mas não era não: quando cheguei no terreno batido, espécie de praça que os edifícios rodeavam, foram saindo das casas e me cercando sem a menor cerimônia, um mundo de homens e mulheres espantosamente trajados. Os curumis, esses então positivamente me agrediram, me dando muitos pontapés da mais imaginável variedade. Isso, moviam os dedinhos desses mesmos pés com habilidade prodigiosa de desenvoltura. Por causa da minha profissão de professor de piano, me pus observando principalmente o movimento do quarto dedo, era assombroso! creio que nem um por cento dos pianistas de São Paulo (e sabemos que são milhões) possui semelhante independência de dedilhação. Arranjei, arranjei não, logo um índio velho, magro e feio como um enorme dia de sol amazônico, veio dizendo que era o intérprete e ganhava sete mil-réis por hora. Aceitei e ele foi logo contando que com aqueles gestos a meninada estava me pedindo presentes, sempre a mesma coisa...

Voltemos à gente grande. O traje deles, se é que pode-se chamar aquilo de traje, era assim: Estavam inteiramente nus e com o abdome volumosíssimo pintado com duas rodelas de urucum, uma de cada lado, tudo aveludando por causa de uma farinha finíssima bem parecida com o pó de arroz, esparzida por cima, e que os Pacaás Novos extraíam do milho, ad hoc envelhecido. No pescoço porém, uma corda forte de tucum sarapintado amarrava um tecido de curauá muito fino, ricamente enfeitado de fitinhas de canarana e umas rendas delicadíssimas feitas com filamento de munguba. Com isso formavam uma espécie de saiote, que em vez de cair sobre os ombros e cobrir o corpo, se erguia suspendido por barbatanas oscilantes tiradas dos peixes. Assim esse saiote erguido pra o céu, tapava por completo as cabeças dos índios, tendo apenas na frente, no lugar mais ou menos correspondente aos olhos, um orifício minúsculo dando saída à visão. Por esse orifício percebi que, além do saiote, os índios traziam a cabeça completamente envolta num pano muito sujo, de que não pude descobrir o material de fatura, também convenientemente furado no lugar dos olhos. Além dessa estranha vestimenta, os Pacaás Novos traziam os braços e mãos completamente vestidos com mangas de pele de onça, ou de tamanduá-membira, de lontra, de guará, etc., mangas cortadas de jeito que se assemelhavam, talvez com algum exagero meu, ao estilo da famosa manga presunto das brancas de antigamente. Eu estava espantado, na contemplação de semelhante vestimenta, quando, por causa do sol, senti cócegas no nariz desesperado com o cheiro e soltei um colarzinho de espirros, pra que fui fazer semelhante coisa! As mulheres se retiraram fugindo pro fundo das casas, fazendo imensos gestos com as pernas, que depois soube serem gestos de muita reprovação. Os machos porém, e a curuminzada, principiaram movendo os ombros e as barrigas com tamanha expressão, que mesmo sem ajuda do intérprete percebi que tinham caído na risada. Porém nem um som se escutava. Riam com os ombros, com a barriga e as pernas. Aliás, os gestos que faziam, principalmente com as pernas e os movimentadíssimos dedos dos pés eram tão expressivos em pontapés e contorsões, repito, de uma variedade inexaurível, que eu, bastante versado em línguas, falando o alemão, o inglês, o latim e o russo com desenvoltura, além dos meus regulares conhecimentos de francês, tupi, português e outras falas, logo me familiarizei com o idioma dos Pacaás e entendi muito do que estavam pensando e se comunicando.

Então o intérprete principiou me explicando os costumes dos Pacaás. Falava muito baixinho, desagradavelmente com a boca encostada no meu ouvido, mas assim mesmo os índios davam demonstração de suportarem a custo a nossa conversa de cochicho. É que os Pacaás Novos diferem bastante de nós. Pra eles o som e o dom da fala são imoralíssimos e da mais formidável sensualidade. As vergonhas e as partes não mostráveis dos corpos não são as que a gente consideramos assim. Quando sentem necessidade de fazer necessidade, fazem em toda a parte e na frente de quem quer que seja, até nos pés e pernas dos outros, sem a mínima hesitação, com a mesma naturalidade com que o nosso caipira solta uma gusparada.

Porém espirro, por exemplo, ou qualquer som de boca ou do nariz, isso é barulho que a gente solta só consigo, eles consideram. De forma que se um pacaá sente vontade de espirrar, sai numa disparada louca, entra num mato solitário, mete a cabeça na mais folhuda serrapilheira e espirra só, com muita educação. Consideram o nariz e as orelhas, as partes mais vergonhosas do corpo, que não se deve mostrar a ninguém, nem pros pais, só marido e mulher na mais rigorosa intimidade. Escutar, pra eles, é o que nós chamamos pecado mortal. Falar pra eles é o máximo gesto sexual. Se os atos da procriação são de qualquer hora e lugar e na frente de todos, isto não se dá frequentemente, por felicidade minha, pois os gestos excitatórios do amor são exclusivamente partidos da fonação. Entre eles existe uma instituição bastante assemelhável ao nosso sacramento do matrimônio, e quando um homem se apaixona por uma cunhã, os dois principiam com assobiozinho da mais delicada sutileza, é o namoro. Um belo dia o namorado chega na casa do pai da pequena e diz que veio pedir a voz dela. Se o pai concede, em seguida a um bacororô que dura de sete a setenta dias, conforme as posses do futuro marido, tudo em silêncio e com muita coisa, pra nós, feia, o casal novo segue pra sua casa e, de portas fechadas, calafetadas as fendas com penugem de passarinho, principiam numa falação que não acaba mais. No outro dia, ali por quando o sol está pra chegar no meio do céu, os pais da noiva, só eles, chegam na porta do casal e sacudindo as paredes dão aviso de sua chegada. Então se a recém-casada bota a boca numa fendinha do adobe e solta um assobio é que está consumado o matrimônio. Em caso contrário comem o marido.

Falar nisso, o ato de comer também é considerado condenabilíssimo, pois obriga a mostrar a boca. De forma que os Pacaás constroem atrás de suas moradas, em lugares escondidos, uns quartinhos solitários, onde tem sempre armazenados milho em pó, bananas e paçoca de peixe, a comida habitual deles. Quando um índio da família sente fome, disfarça, põe reparo se ninguém está vendo ele e escafede. Se fecha bem no quartinho e come quanto quer. Se acaso acontece outra pessoa da família ir lá pra comer também e mexe na porta fechada, o de dentro põe o dedo mindinho do pé esquerdo pra fora e mexe ele bem. Gesto que aproximativamente corresponde ao nosso tradicional "Tem gente".

Aliás essa história dos quartinhos dá ocasião a muita imoralidade nas crianças. Não é raro os pais pegarem meninos e meninas até de sete anos, comendo juntos!

Esta é muito por alto a maneira dos Pacaás Novos. Deixei de contar muita coisa: que é severíssima entre eles a noção da virgindade (orelha); que aceitam a poligamia e o forte marubixaba deles tinha setenta cunhãs de fala, etc. Talvez conte outro dia. Sei é que vivem felizes. São muito ativos, e suficientemente porcos pelo nosso ponto de vista da porcaria, muito mansos e caroáveis, embora essa mania de falar com pontapés me tenha deixado a perna bem azul.

Apesar da curiosidade aguçadíssima saí de lá depressa, por causa do cheiro das, ponhamos, gusparadas, amontoadas no chão, dentro das casas, por toda a parte. O que está me preocupando é esclarecer bem que se escrevi que chegando, a meninada estava nua, ela estava de-fato nua, mas não porque mostrasse aquilo porém. Estava nua porque piá ainda é inocente, se diz, não faz mal que mostre queixo, a própria orelha e essa coisa divinamente pecadora que se chama a nossa boca.

Me deixem contar apenas mais um caso, que o intérprete aliás só me relatou longe dos outros. Já se compreende que uma mulher mostrando beiço pra homem, é coisa da maior sem-vergonhice. Pois fazia pouco que tivera um sucesso famoso entre os depravados da tribo, uma dançarina pacaá, que numa espécie de cabaré erguido por ela mesma a légua e meia do mocambo, anunciara espetáculos de nu artístico, aparecendo inteiramente vestida mas com a boca à mostra, e cantando cançonetas napolitanas que aprendera com um regatão peruano que lhe tirara a orelha. A bulha foi tamanha que precisou o pajé fazer um esperneadíssimo sermão contra o abuso. As cunhãs, que estavam despeitadíssimas, se reuniram furibundas, foram lá e comeram a dançarina.

Caso da cascata

Publicado originalmente em 1927 na revista *Verde*, e em 1928 no livro *Macunaíma*

E a cascata contou o que tinha sucedido pra ela.

— Não vê que chamo Naipi e sou filha do tuxaua Mexê-Mexoitiqui nome que na minha fala quer dizer Engatinha-Engatinha. Eu era uma boniteza de cunhatã e todos os tuxauas vizinhos desejavam dormir na minha rede e provar meu corpo mais molengo que embiruçu. Porém quando algum vinha eu dava dentadas e contapés por amor de experimentar a força dele. E todos não aguentavam e partiam sorumbáticos.

Minha tribo era escrava da boiuna Capei que morava num covão em companhia das saúvas. Sempre no tempo em que os ipês de beira-rio se amarelavam de flores a boiuna vinha na taba escolher a cunhã virgem que ia dormir com ela na socava cheia de esqueletos.

Quando meu corpo chorou sangue pedindo força de homem pra servir, a suinara cantou manhãzinha nas jarinas de meu tejupá, veio Capei e me escolheu. Os ipês de beira-rio relampeavam de amarelo e todas as flores caíram nos ombros soluçando do moço Titçatê guerreiro de meu pai. A tristura talqualmente correição de sacassaia viera na taba e devorara até o silêncio.

Quando o pajé velho tirou a noite do buraco outra vez, Titçatê ajuntou as florzinhas perto dele e veio com elas pra rede da minha última noite livre. Então mordi Titçatê.

O sangue espirrou na munheca mordida porém o moço não fez caso não, gemeu de raiva amando, me encheu a boca de flores que não pude mais morder. Titçatê pulou na rede e Naipi serviu Titçatê.

Depois que brincamos feito doidos entre sangue escorrendo e as florzinhas de ipê, meu vencedor me carregou no ombro me jogou na ipeigara abicada num esconderijo de aturiás e flechou pro largo rio Zangado, fugindo da boiuna.

No outro dia quando o pajé velho guardou a noite no buraco outra vez, Capei foi me buscar e encontrou a rede sangrando vazia. Deu um urro e deitou correndo em busca nossa. Vinha vindo vinha vindo, a gente escutava o urro dela perto, mais perto pertinho e afinal as águas do rio Zangado empinaram com o corpo da boiuna ali.

Titçatê não podia mais remar desfalecido, sangrando sempre com a mordida na munheca. Por isso que não pudemos fugir. Capei me prendeu, me revirou, fez a sorte do ovo em mim, deu certo e a boiuna viu que eu já servira Titçatê.

Quis acabar com o mundo de raiva tamanha, não sei... me virou nesta pedra e atirou Titçatê na praia do rio, transformado numa planta. É aquela uma que está lá, lá embaixo, lá! É aquele mururê tão lindo que se enxerga, bracejando n'água pra mim. As flores roxas dele são os pingos de sangue da mordida, que meu frio de cascata regelou.

Capei mora embaixo de mim, examinando sempre se fui mesmo brincada pelo moço. Fui sim, e passarei chorando nesta pedra até o fim do que não tem fim, mágoas de não servir mais o meu guerreiro T'çatê...

sereia do ma
canto doce, acalanto dos
Mãe do mundo
piedade de nós
são as bênçãos
vem do teu Reino
Alma
que protege
pelos seus
filhos de seus

A pesca do dourado

Publicado originalmente em 1930 no jornal Diário Nacional*; incluído em 1943 no livro* Os filhos da Candinha

Quando chegamos na barranca do Moji, andadas oito léguas de cabriolante forde, era madrugada franca. O rio fumava no inverninho delicioso. Vento, nada. E a névoa do rio meio que arroxeava, guardando na brancura as cores do sol futuro.

Estivemos por ali, esquentando no foguinho caipira que é o cobertor da nossa gente. Estivemos por ali, esfregando as mãos, tomando café, preparando as varas. Eu, como não tinha esperança mesmo de pescar nenhum dourado, fui pescar iscas no ceveiro. Isso, era atirar o anzolzinho desprezível n'água, vinha cada lambari enganado, cada tambiú e mesmo uma piabinha comovente. Nove bastavam, me falaram.

E a rodada principiou. João Gabriel dizia que era preciso pescar já, porque depois, com o dia, a água esfriava, entenda-se! Do lado do oriente o horizonte se cartão-postalizava clássico; e os vultos das "ingaieiras", dos jatobazeiros e do timboril do rumo já se vestiam de um verde apreciável.

Eu me esforçava por pescar direito. Olhava a altura da vara do outro pescador, copiava com aplicação os gestos dele. Às vezes me dava uma raiva individualista e, só por independência ou morte, batia com a isca onde bem queria, longe dos lugares de água tumultuosa, preferidos pelos dourados. Foi numa dessas ocasiões que atrapalhei o fio de aço do anzol na vara, e o lambari da isca, juque! me bateu no nariz. A natureza inteira murmurou "Bem feito!" e me deu uma vontade de morrer. João Gabriel, que ia de proa, olhou pra mim, não riu, não censurou, nada. Continuou proando a canoa. Essa inexistência de manifestação exterior destes que me rodeiam, a deferência desprezante, a nenhuma esperança pelo moço da cidade, palavra de honra, é detestável. Castiga a gente. Oh vós, homens que viveis no sertão, por que me tratais assim! Quero ser como vós, vos amo e vos respeito!

Estava eu no urbano entretenimento deste pensamentear, quando a canoa tremeu com violência. Olhei pra trás e o companheiro pescador dançava num esforço lindo, às voltas com a vara curva. Por trás dele a aurora, me lembro muito bem; e tive a sensação de ver um deus. Mas o dourado, não sei o que fez, a vara descurvou. O peixe se livrara e o deus virou meu companheiro outra vez. Fiquei com uns vinte contos de satisfação.

Mas Nêmesis não me deixou feliz. Veio um desejo tão impetuoso de um dourado, pelo menos beliscar meu anzol, coisa dolorosa! torcia com paixão, pedia um dourado, me lembrei de fazer uma promessa a Nossa Senhora do Carmo, minha madrinha, me lembrei das feitiçarias de catimbó, e principiei por dentro cantarolando a prece da Sereia do Mar. Eis que percebi a minha linha de aço navegando por si mesma rio abaixo.

— Puxe!

Isso, dei um arranco de três forças, fiquei gelado, meu coração ploque! ploque!

— Não bambeie a linha!

A linha, não era eu que bambeava não! bambeou, ergui a vara, o dourado pulou um metro acima d'água, que Virgílio nem Camões nada! um peixe imenso!

— Não puxe a vara!

Não puxe a vara, não bambeie a vara, sei lá! o dourado é que dava cada puxão, cada bambeio que queria.

— Canse ele!

Mas como é que se cansa dourado! isso é que nenhum dos meus livros me contara! A segunda vez que o bicho pulou fora, eu já não podia mais de comoção. Palavra de honra; estava com medo! Tinha vontade de chorar, os companheiros não falavam mais nada, tinham me abandonado! ôh que ser mais desinfeliz!

Mas pesquei! Teve alguém finalmente que me ajudou a tirar o dourado da água, cuidou dele, guardou-o no viveiro da canoa. Eu, muito simples, pra um lado, jogado fora, pela significação do bicho que era mesmo importante.

Não fazia mal não... eu mesmo estava me dando uns ares de coisa muito fácil. Mas quem pescou o bicho fui eu! A respeito de dourado, estou ganhando de um a zero contra Manuel Bandeira, Guilherme de Almeida, Augusto Meyer, Alberto de Oliveira, Castro Alves e outros poetas maiores que eu.

Tempo de dantes

Publicado originalmente em 1929 no jornal *Diário Nacional*; incluído em 1943 no livro *Os filhos da Candinha*

Este é um caso brasileiro da terra potiguar.

No município de Penha suponhamos que Antônio de Oliveira Bretas era senhor de engenho, homem já de seus trinta e cinco anos, casado com dona Clotildes, já sabe: cabeça-chata atarracado, falando alto. Dona Clotildes chamava ele "seu Antônio" e ele respondia "a senhora". A mana dela também morava no engenho que não era grande não, produção curta mas com uma aguardente famosa no bairro.

Na véspera de Ano Bom dançavam um pastoril muito preparado na vila da Boa Vista, ficada a umas três léguas do engenho, e dona Clotildes quis ver. Chamou a negrinha:

— Vá dizer a seu Antônio que eu quero que ele me leve na Boa Vista, ver o pastoril.

A negrinha foi.

— Fale pra dona Clotildes que não quero ir na Boa Vista hoje.

A negrinha foi e voltou falando que dona Clotildes mandava dizer que queria mesmo ir ver o pastoril. O senhor de engenho embrabeceu:

— Pois se ela quiser ir que vá sozinha! Levo ninguém não!

Dona Clotildes teve raiva.

— Clotildes!... ôh Clotildes!...

Que Clotildes nada. O vestido caseiro estava sacudido na cama. Os sapatos caseiros por aí. Dona Clotildes tinha partido com a mana. Três de janeiro um vizinho portou no engenho, chamou Antônio de Oliveira Bretas e deu o recado. Diz que dona Clotildes mandava pedir ao marido ir buscá-la, passado Reis.

— Foi sozinha! pois que venha sozinha! Vou buscar ninguém não!

E não foi mesmo. Dona Clotildes decerto achou desaforo aquilo e ficou esperando na vila. Um mês passou. Mas, e agora? O senhor de engenho careceu de ir na vila por amor duns negócios, ir lá?... Parecia por causa da mulher... Mandou um amigo. Dona Clotildes soube, se moeu de raiva: agora é que não voltava sem seu Antônio ir buscá-la!

Dois meses passaram, três... Passou um ano, passaram dois, meus amigos! No engenho, seu Antônio vivia sozinho, não mostrando tristeza. Mas mandava limpar o quarto de casados sem que mudassem nada do lugar. O sapato direito sacudido no meio do quarto. O vestido caseiro dormindo de atravessado na cama aqueles anos inativos. E nove anos passaram.

Numa noite de lua dona Clotildes voltou. Antônio de Oliveira Bretas fumava na sala de entrada, conversando com o amigo que viera comprar aguardente. Este chegou na porta da casa, se calou de repente, aprumou a vista:

— Compadre!

— Eu?

— Homem, parece que é dona Clotildes que vem lá na estrada!...

— Hum.

Era dona Clotildes com a mana. Apeou do cavalo e chegou na porta.

— Dá licença, seu Antônio?

— A senhora não carece de pedir licença nesta casa.

Não houve uma explicação, uma recriminação, nada. Dona Clotildes entrou, foi até o quarto. O vestido caseiro dela, aquele, meu Deus! faziam nove anos, estava até sacudido com raiva, de atravessado na cama. Os sapatos, mesma coisa, no chão, sem alinhamento. Quarto na mesma. Ar, na mesma. Nove anos passados. Dona Clotildes se trocou e, como estavam na hora da ceia, mandou a agora moça-feita da negrinha botar a mesa. Cearam. Vieram as palavras quotidianas, quer isto? quer aquilo? quero, não quero não, dormiram, se levantaram, etc.

Vida do cantador (última lição)

Publicado originalmente em 1943 no jornal *Folha da Manhã*; incluído em 1993 no livro *Vida do cantador*

Chico Antônio chegou na fazenda Santa Eulália ali pelas quinze horas, absolutamente inaceitável e tristonho. A presença de seu João desde a noite passada já o normalizara na constância da família, e nem o abraço chorando da "mãe" lhe deu algum conforto. Pelo contrário, longo e peguento, o deixara naquele desaponto em que ficava sempre diante dos afetos físicos. Tinham passado por completo a volúpia de chegar e o estado de musicalidade em que o deixara a multidão paulistana. E o que era pior, o que era mesmo horrível sem que ele percebesse quanto era horrível, aquele trem paulista exatamente limpo, aquela sucessão inflexível de cidades, de trabalhos, de plantações, de chãos inteiramente aproveitados, de milietas de relógios, de campainhas mandando, já o deixavam sob a influência do ambiente novo, e este o desolava. E ainda por cima as decisões assustadoras do pai, que já tinha arranjado emprego para ele, que ele ia ser colono muito bom porque era forte, que ia ganhar dinheiro, que já estava em idade de assentar, casar, ganhar dinheiro ganhar dinheiro: só fizera fixar essa consciência de trabalho que lhe tinha batido em pleno rosto como uma bofetada. E o cantador se via, pela primeira vez na vida, obrigado a pensar sem interrupção, num colar de pensamentos lógicos e juízos exaustivamente nítidos, inteiramente desusuais dentro dele.

Inda por cima seu João, num orgulho desarrazoado, passeava o filho, o apresentando aos outros colonos, aos fiscais, ao administrador. Fez a burrada enorme de o levar até o patrão recém-chegado! E todos não viam a maravilha, nem podiam compreender nem perdoar o prazer orgulhoso do velho, apresentando uma obra-prima ostensivamente falsa.

— Dá bom camarada se não for cachaceiro, brincou o dono da fazenda, desabrido e antigo, examinando animalmente um corpo forte.

Chico Antônio, já inerme de tanto andar de mão em mão, sentiu-se inteirinho nu com a frase, foi horrível. Seu João também já principiava desapontando, e não atinava bem por que se entusiasmara tanto. De mais a mais o filho não ajudava, mudo, sem simpatia com ninguém. E seu João atordoado, afinal percebeu a verdade nova: Chico Antônio era um reles. Quis se enganar, agarrado à verdade morta:

— Mas o senhor há-de escutar é ele cantar!

Disse e morreu-lhe enfim todo o entusiasmo. Numa fazenda da Paulista! cantar!... Já se fora o tempo em que cantava a escravaria, saracoteando no batuque ou disfarçando a monotonia dos eitos. Viera um colono, musical por tradição, emudecido pela ambição. Também a época da modinha morrera por completo na casa-grande, e na rapidez com que as coisas se transformam nas terras de aventura, as fazendas eram de um mutismo desumano por ali. Ainda nas zonas paradas ou na pasmaceira maleitosa dos jecas, nas barrancas dos rios pardos, a moda caipira balanceava as suas linhas monótonas e a mansidão das terças, mas na Paulista nada. Silêncio. Nenhum desprendimento, nenhuma glória de viver. Uma sanfona só, mensal, pra uso do sexo. E lá na casa-grande o rádio tossindo.

Não era possível imaginar diferença mais chocante que entre o Nordeste, mesmo Pernambuco, e São Paulo nisso. Lá uma vida não apenas adaptada, mas adotada, alicerçada, tradicional, fixa, uma cultura baseada na complexidade do indivíduo e da região, marcando logo um progresso qualquer. Aqui uma civilização falseadora, empréstimo sem fundos, a vida instável, cujo brilho não conseguia disfarçar a sua transitoriedade fatal. Lá o homem estava bem na posse de todas as suas qualidades de ser. E por isso, também sabia cantar. Aqui um indivíduo escalavrado de inquietação e desejo, manejado pela concorrência, mudo, mudo vastamente. Qualquer desastre era apenas lateral, aqui, não excluía a esperança do futuro: a vida se convertia numa jogatina em que todos jogavam, economizando, na única intenção de ganhar. Lá vivia-se com a alma a própria desgraça da seca, se chegava a tirar uma espécie de vaidade da seca, e o indivíduo surpreendido no desastre vivia com paixão exclusiva a desgraça da hora, botando em cada instante a vida inteira. Aqui, não se passava dum passageiro tempo "bom de inverno", capaz de envernizar o corpo vaidoso da terra, mas insuficiente para humanizar o homem. E era neste meio que seu João, se agarrando desesperado aos valores do filho que sentia admirável, pretendia vencer tanto inimigo, lhes garantindo que Chico Antônio era um talento na cantoria! O cantador ficou reles, reles, tão desprezível nem que um papel usado. Voltaram para a casa da colônia, seu João macambúzio, o moço exausto, enquanto a tarde caía, clara, vasta, agradável no inverninho santo da roça. Entraram todos pra dentro da casa, numa conversa muito sem sabor. Ninguém não imaginaria que estivesse ali mesmo o instante do cantador se vingar pra morrer limpo.

Foi que um berro longo e lamentoso de boi encheu de angústia o espaço. Não durou muito outro mugido, mais longo, triste, dolorosíssimo ecoou pela fazenda, botando um pressentimento em tudo. O ar escureceu mais e se tornou quase sensível a queda mortuária da tarde. É que tinham matado um boiato nesse dia, pro fazendeiro ter carne, e achando a porteira do curral pequeno aberta, os dezesseis bois de carro lá se tinham reunido em torno da poça de sangue, chorando a morte do irmão. Se escutava o patrão já berrando no terraço da casa-grande, gente acorria afobada, mas era tarde demais. Lá do mangueirão das vacas, veio a resposta tumultuária, um rugido coral entrecortado, de um desespero comprido, lerdo, pesadíssimo. E da outra banda, um trom surdo, rouco, desgraçadíssimo, trom de morte, era o touro zebu na sua cocheira rica, gemendo numa desgraça tão cava, que o coração da gente diminuía de terror. Os bois estavam chorando a morte do irmão.

Todos os homens, menos pra ajudar que para se livrar daquele lamento insuportável, se dirigiam para o lado das mangueiras. Chico Antônio, nem bem o primeiro canto fúnebre se alastrara do espaço, soerguera o busto abatido. Hesitou pouco. Foi se dirigindo para o sofrimento dos bois. Já tinha muita gente lá, gritavam, se mexiam, açulavam mais os bois porque ninguém tinha coragem de entrar no curral pequeno e arrancar os animais de lá. Na sua cocheira, o touro roncava cada vez mais cavo, dando grandes marradas nas tábuas da sua porta. Iria quebrar os chifres, talvez morrer num arranco porque a porta era pra boi de luxo, resistia bem.

Foi quando se escutou um grito que subia, um grito sobre-humano, agudíssimo, claro, tão nítido que feria, tão forte que dominou a voz lamentosa dos bois. Chico Antônio trepado no mourão mais alto da porteira grande, aboiava. Tapava com as mãos os ouvidos pra que os tímpanos não arrebentassem na vibração dos sons sobreagudos. E a voz vibrante, em notas musicalíssimas, subiu, se ergueu num arpejo de sétima, firmou-se no som, tremeu, mas baseando-se na apoiadura rápida firmou-se outra vez, se prolongou na vogal fechada, aguda de som, grave no tom, se prolongando até sobrepairar fulminante acima do choro dos bois. E então desceu num glissando lento, vindo terminar no mais grave, num som falado macio, quase um segredo, ôh, boi!... Houve um primeiro pasmo na boiada, um silêncio repentino escureceu. Mas logo, em pranto mais desordenado ainda, os bois de carro, a vacaria, os bezerros idiotizados de terror e o touro rico, abriram em tal berreiro assanhado que parecia que o cântico de Chico Antônio os incitara mais a chorar. Mas o cantador recomeçava a sua encantação. A voz dele se ergueu outra vez, e sempre nos sons mais altos, oscilava em apoiaduras, se firmava em sons longos, bailava em pequenas fórmulas melódicas, livres de ritmo certo, largas, lentas, depois descia da sua solaridade claríssima, se abaritonava em glissandos descendentes e vinha morrer de novo em graves falados, ôôôôh, boi!... Não durou muito e os bramidos dos bois se espaçavam. As oitenta vacas do mangueirão, mais prontas para o consolo, já escutavam o cântico imenso do homem, todas voltadas para ele. E o cântico se ergueu mais lento, mais longo ainda, e os próprios bois de carro hipnotizados, aos poucos deixaram de escarvar terra, vieram saindo do curral pequeno, se ajuntar junto ao mourão do cantador. E o cântico baixava e recobrava alento e vinha enfim morrer mais uma vez no consolo de uma palavra em segredo, ôh, meu boi!...

O sol baixava rápido num céu de sangue altíssimo. Mas os estalos das marradas na cocheira, os bufos do monstro zebu que não sabe mugir, indicavam sempre que para o touro não havia consolo possível. E o cântico se ergueu mais uma vez. Agora Chico Antônio cantou longamente, enchendo a tarde. A voz menos imperativa, mais cariciosa, se fixara enfim na melodia. Oh, meu boi! Chico Antônio encontrava de novo seres que o escutassem e lhes confiava que ia deixar essa terra, que em seguida ia partir; depois do caso passado, sai o homem sem sentir, ôh, meu boi!... Vou-me embora, vou-me embora, ô-lê-ô-dá! tão cedo eu aqui não venho, vou buscar três carapinas pra levantar meu engenho, ôh, meu boi!... Vou-me embora, vou-me embora, ô-lê-ô-dá! como se foi a baleia, tenho pena é de deixar amigos por terra alheia! ôh, meu boi!...

Parou. E todos lhe respeitavam o silêncio longo, os campeiros, os bois, os colonos, até o patrão assombrado que viera até ali. O cantador olhava os bois. Depois desceu simples do mourão, se dirigiu a eles, parou junto deles. Os bois o encaravam cheios da mansidão. Vá!... murmurou sério, só pros bois. E eles partiram, buscando a outra porteira que dava para o campo. Chico Antônio seguiu com eles, mas percebendo que a porteira estava fechada, ordenou irritado:

— Abram essas porteiras!

Mas antes mesmo que abrissem a porteira do campo, um rapazola sem prática abrira, na obediência, a porta da cocheira rica. Se escutou só um ronco feio e o monstro num galope seco. Chico Antônio ainda se virou, mas foi pra receber em cheio na barriga as guampas do zebu.

Quando conseguiram matar a fera o cantador já estava morto, fazia tempo. Jazia contorcido, uma perna dobrada por baixo da outra, olhos esbugalhados, as mãos engruvinhadas no ventre, como querendo prender as tripas sangrentas. Na boca também, entreaberta, uma baba sangrenta.

Chico Antônio

Publicado originalmente em 1944 no jornal *Correio da Manhã*; incluído em 1993 no livro *Vida do cantador*

— Mas Chico Antônio, agora me diga uma coisa só pra mim: você foi mesmo no inferno?

— Fui, nhor sim.

— E lutou com o Diabo!

— Lutei, nhor sim.

Eu não falei mais nada. Talvez ele mentisse com o desígnio mesmo de mentir, como no Catecismo, faltando "à verdade com intenção de enganar". Mas até que ponto ele não estava exercendo mesmo ali, sozinho comigo na sala, o seu direito de artista?... Ele não era o único cantador a ter vencido o Diabo no desafio. Uma vez, como na noite anterior, muito esquentado, a cachaça o tomou pelo braço e o levou até o coco do "Boi Tungão" que era o boi do Diabo. Foi então que o desafio se deu. E o cantador, obediente à tradição que vinha dos princípios da vida do homem, pensamento elementar imposto a quantos matutavam sobre a força indevassável da música, foi buscar o seu poder de cantor nos infernos. Venceu o Diabo no desafio. Venceu mesmo, Boi do Maioral, quem foi que disse que não! E o Diabo, depois daquela pisa formidável que sofreu, teve que lhe entregar o seu poder. Desde então nunca mais Chico Antônio, perdeu nos desafios terrestres.

— Qual foi o melhor coqueiro que você venceu, Chico Antônio?

— Foi o negro João Perigoso, de Paulista. Principiemo cantando às sete horas de um sabo e só terminemo no outro dia com o sol fora duas braça.

— Tinha voz boa?

— Também, nhor sim. Cantava alto, do jeito que eu tirasse o coco.

Mas ainda nisso eu creio que Chico Antônio mentia. A luta mais difícil dele foi decerto a com Adilão do Jacaré, que eu conheci também e trabalhei em João Pessoa. Chico Antônio dizia que vencera mas mudava de assunto. Era verdade, vencera. Odilon meio que não gostou quando eu perguntei, mas acabou confessando que abandonara o desafio. Lutaram uma semana, todas as noites. Não guardei o nome do lugar, mas tinha trem de ferro. Isto eu sei por tomar nota da sintaxe de Odilon: "Eu vinha com medo que não perdesse o trem", essa obsessão nordestina do "que" subjuntivo... Inda agora Lins do Rego repete bem essa sintaxe em *Fogo morto*: "tenho medo que não quebre a cabeça"; "não sabia que Nenem cantasse"; ou na deliciosa pergunta dubitativa "seria que fosse inveja?" Pois ao cabo da semana, Adilão do Jacaré interrompeu o canto de repente. Falou desesperado:

— Chico Antônio, você tem as vozes muito boa, mas tu é louco, Chico Antônio tu é louco! Ninguém vence você.

E foi-se embora com medo que não perdesse o trem. Imagino o canto de Chico Antônio então... Como não terá tripudiado sobre a memória inda quente do vencido! Decerto tirou o "Boi Tungão". E as vozes subiram, atingiram aqueles agudos só dele que uma feita eu afirmei valerem por "dez Carusos". Não valiam dez Carusos não, era outra coisa... Era desses momentos sublimes de arte, em que não há comparações mais, só equiparações. É como esses dois bailarinos negros de *Stormy Weather* que atingem "como" os mais elevados passos de Beethoven, de Camões, de Miguelanjo. Assim era o canto de Chico Antônio nesses momentos de criação delirante em que mandando a voz para os agudos, ele traduzia em som a luz solar.

Valia ver nessa hora a gente pobre, que ele possuía com a voz. Cessava aquele encantamento descansante, o êxtase com qualquer coisa de mortuário da cantoria dos cocos mais normais, o "Iaiá, o meu carreiro", o "Meu Baralho". Imobilidade acabava. Batia uma sexualidade vigorosa em todos, os corpos se mexiam, os olhos se procuravam rasgados, pulava no ar um cheiro de gente. Ali, todos iam se amar, se gostar, se decidir, sonhar porque Chico Antônio pela força da arte, reimpusera naqueles quotidianos o descobrimento do amor. Como seria que fosse o amor? Iam se amar, eu sei. E pra que a vida nova ficasse mais compreensível, na obediência às tradições milenares já provadas, se explicavam que Chico Antônio tinha "trato com o Cão".

Mas o trato de Chico Antônio era conosco, era com o Diabo não. Ele fez bem me mentindo, na confiança a sós da amizade, que vencera o Fute. Exerceu um direito e um dever. Ele já bem que percebera que eu era escravo do canto dele, pela identificação milagrosa da arte. Eu já não me pertencia, embora fosse um "seu dotô", mais difícil de entregar os pontos que o próprio Adilão do Jacaré. Eu me anonimizara naquele público que era dele, que ele possuía, que ele mandava viver e mandava sonhar, "dando definição de tudo", que é mesmo frase-feita do cantador nordestino.

Como é possível! como quase nem outra na cabeça da gente que uns artistas incultos — incultos, não! analfabetos — tenham descoberto essa lei suprema e primeira da arte, "dar definição de tudo!" E no entanto os nossos romancistas barateados, em geral quando pintam homens do povo se esmeram em retratar abortos boçais muito lógicos, sem mistério nem profundeza. Nos salvem ao menos um João Miguel, um mestre José Amaro, os viventes de *O Rio*, em que o homem do povo é tratado, se não com mais respeito, certamente com mais dor.

Vivo me lembrando muito de Chico Antônio esses tempos... Maltratei bem ele numa espécie de conto, até o matei, e ele talvez ainda viva lá no Rio Grande do Norte. Isso ainda serão licenças de contista e o remorso é pequeno. Mas como ele, como esses cantadores nordestinos me assombravam, me "exemplavam" como se diz, com a perfeita integração vital com que viviam a sua arte. Eles eram capazes de compreender que tinham que dar definição de tudo, mas seriam incapazes de separar o homem do artista, como estamos nos acostumando a sofismar agora, para camuflar a nossa desintegração no manto noturno das estetiquices. Noturno porque de noite todos os gatos são pardos. Pardos nada! pardo é cor quente, você sabe, amigo Santa Rosa, pardo é cor quente e esses são cinza, cor fria da neutralidade. Neutralidade nada! quem não é por mim é contra mim, falou Jesus. Mas Jesus, também, nada!...

Chico Antônio nunca se lembrou de separar o artista do homem, tudo era um. Logo depois da revolução de 30, um amigo chegado do Nordeste, me contou que ouvira Chico Antônio no desafio, xingando o contendor de "perrepista". Era o insulto maior que ele descobrira com a revolução. Hoje talvez ele não ache gosto mais de xingar ninguém assim. A própria revolução acabou decretando que não existe mais nem perrepista nem integralista, com prazer.

Chico Antônio não era nem perrepista nem integralista, embora soubesse exercer como poucos esse totalitarismo inefável da arte, de quando o artista sabe que tem de dar definição de tudo. A arte pra ele era apenas a profissão que qualificava o homem. Ganhava dinheiro incerto nisso, mas não queria saber de outra vida. Não gostava de trabalhar "assalariado" me disse, porque a cantoria rendia mais.

Rendia em todos os sentidos da arte, até no amor... Tinha vinte e sete anos, quando o conheci no engenho de Antônio Bento de Araújo Lima. Nascera em Vila Nova, no município de Pedro Velho. Só tivera mãe, mas essa ele gostava muito de publicar, iniciando as suas pabulagens. "Eu sou filho de Etelvina!" cocoricava então bem alto. E principiava a definição de tudo, engenhos, cana, o Diabo, a gente, o amor. E os perrepistas. Sem ser propriamente bonito era duma simpatia convincente. E é certo que todos o amavam, no povo.

Por sinal que as mulheres um pouco muito demais, ao que diziam. Ele estava meio sem morada aquele tempo, e com o nosso pedido, o senhor de engenho lhe deu pouso. Não durou muito principiaram desaparecendo os frangos do patrão. É que as criadinhas da casa-grande tinham se engraçado por Chico Antônio, assavam os frangos ali mesmo na cozinha vasta, para presentear o cantador, culpa de quem? Do patrão, é lógico, que possuía frangos só dele.

Já fazia oito anos que Chico Antônio se casara, e, o que é mais interessante, dera ao mesmo tempo pra cantar. "Faz também oito anos que eu vadeio coco, nhor sim" me confessou, sem se explicar com o exemplo de Schumann, que só com o casamento botara também a boca no mundo, cantando os seus primeiros Lieder, ano e tanto. Aliás os casos que conheço já são três, pois foi só pouco depois de casado em 38, que Camargo Guarnieri entoou mais numerosas e melhores canções. Talvez se possa recrutar outros exemplos, e ligar à cantoria o amor feliz. É estranho: o infeliz prefere a discrição dos instrumentos sem palavras, como Chopin, como Beethoven.

Chico Antônio era casado sim. Mas dois anos atrás roubara uma mocinha e fugira com ela a cavalo, indo parar no Rio Tinto, no litoral paraibano. Aí viveu muitos meses, lugar populoso de operários, com o parque industrial dos Lundgren. Chico Antônio cantava aos sábados, quando ganhava dinheiro para toda a semana. Vivia muito bem, ele mais a roubadinha, até que ela morreu do parto. Chico Antônio se ajuntou de novo com a mãe dos seus cinco filhos legítimos. Mas como disse da mulher outro cantador, "dela se extrai o prazer, embora que muitas delas tornem-se um céu de torpeza"... E Chico Antônio acabou me confessando mesmo, muito entre nós, que continuava gostando tanto das mulheres como elas dele. É a vida, amigo Santa Rosa, é a vida...

Bom Jardim

Publicado originalmente em 1929 no jornal *Diário Nacional*; incluído em 1943 no livro *Os filhos da Candinha*

Na anca do terreno o sol se achata no amarelo sem gosto da bagaceira. Perfume lerdo, que não toma corpo bem, não se sabe se de pinga, de açúcar, de caldo de cana. Bois. Três, quatro bois imóveis, mastigando a cana amassada, fortes, alguns de bom estilo caracu no casco, no pelo. Mas já os estigmas do zebu principiam aparecendo na zona...

Vem o cambiteiro com os jericos, três, no passo miudinho de quem dança um baiano. Nos cambitos triangulares a cana vai deitada, últimos restos da safra do ano, arrastando no bagaço os topes de folha verde, feito um adeus.

Através da porta do engenho, escurentada mais pela força da luz de fora, dois homens vêm, um na frente outro atrás, rituais, eretos, no sempre passo miudinho e dançarino dos brejeiros. Carregam a padiola com os bagaços da cana já moída. Trazem apenas calças e o chapéu de palha de carnaúba, chinesíssimo na forma. E que cor bonita a dessa gente!... Envergonha o branco insosso dos brancos... Um pardo dourado, bronze novo, sob o cabelo de índio às vezes, liso, quase espetado.

Entro no engenho. É dos de banguê, tocado a vapor. Os homens se movendo na entressombra malhada de sol, seminus, sempre os chapéus chins: meio se colonializa a sensação em mim. Não parece bem Brasil... Está com jeito da gente andarmos turistando pelas Áfricas e Ásias do atraso inglês, francês, italiano, não sei que mais... Todos os atrasos da conveniência imperialista.

Depois do engenho verde, a construção faz uma queda. No outro plano de lá é a casa de caldeira. Estão fazendo meladura. O canalete conduz o caldo de cana pra cascatear pesado, pesado de açúcar, num tanque de cimento, o parol, como se diz. A fantasista etimologia popular anda já falando em "farol"...

Fronteiro ao parol está o grupo das tachas fabricando açúcar. Outro malaio, bigodinho ralo, trabuca ali. É o "cunzinhadô", como dizem lá em Pernambuco — o "mestre", o homem importante que dá o ponto no mel. A musculatura dele exemplifica a anatomia do costado humano. Felizmente que não sei anatomia. Vejo, mas é o ouro duro daquele corpo, se movendo no esforço, transportando em cocos enormes de cabo preso no teto, o caldo fervendo, ouro claro, duma para outra caldeira. Às vezes o vento vem e achata a fumaça da fervedura. Esconde tudo. Fumaça acaba aos poucos, e a cena revive, o ouro pesado do homem perfilando sobre o ouro claro da espuma das tachas. Na derradeira o mel está no ponto. A espuma, mais profunda, quase cor das epidermes daqui, foi se entumescendo, entumescendo oval, com um biquinho no centro, ver peito de moça. "Peito de moça" é que falam mesmo, peito de moça... É o açúcar, delicioso, alimentar, apaixonante. Moreno e lindo mesmo, como um peito de moça daqui.

—

Piá não sofre? Sofre.

Publicado originalmente em 1934 no livro *Os contos de Belazarte*

Belazarte me contou:

Você inda está lembrado da Teresinha? aquela uma que assassinou dois homens por tabela, os manos Aldo e Tino, e ficou com dois filhos quando o marido foi pra correição?... Parece que o sacrifício do marido tirou o mau-olhado que ela tinha: foi desinfeliz como nenhuma, porém ninguém mais assassinou por causa dela, ninguém mais penou. Só que o Alfredo lá ficou no palácio chique da Penitenciária, ruminando os vinte anos de prisão que a companheira fatalizada tinha feito ele engulir. Injustiça, amargura, desejo... tantas coisas que muito bucho não sabe digerir com paciência, resultado: o

Alfredo teve uma dessas indigestões tamanhas de desespero que ficou dos hóspedes mais incômodos da Penitenciária. Ninguém gostava dele, e o amargoso atravessava o tempo do castigo num areião difícil e sem fim de castiguinhos. Estou perdendo tempo com ele.

A Teresinha sofria, coitada! ainda semiboa no corpo e com a pabulagem de muitos querendo intimidades com ela ao menos por uma noite paga. Recusou, de primeiro pensando no Alfredo gostado, em seguida pensando no Alfredo assassino. Estava já no quasi, porém vinha sempre aquela ideia do Alfredo saindo da correição com uma faca nova pra destripá-la. E a virtude se conservava num susto frio, sem nenhum gosto de existir. Teresinha voltava pra casa com uma raiva desempregada, que logo descarregava na primeira coisa mais frouxa que ela. Enxergava a mãe morrendo em pé por causa da velhice temporã, pondo cinco minutos pra recolher uma ceroula do coaral, pronto: atirava a trouxa de roupa suja na velha:

— A senhora é capaz que vai dormir com a ceroula na mão!

Entrava. Podia-se chamar de casa aquilo! Era um rancho de tropeiro onde ninguém não mora, de tão sujo. Dois aspectos de cadeira, a mesa, a cama. No assoalho havia mais um colchão, morado pelas baratas que de-noite dançavam na cara da velha o torê natural dos bichinhos desta vida.

No outro quarto ninguém dormia. Ficou feito cozinha dessa família passando muitas vezes dois dias sem fósforo acendido. Porque fósforo aceso quer dizer carvão no fogãozinho portátil e algum desses alimentos de se cozinhar. E muitas vezes não havia alimento de se cozinhar... Mas isso não fazia mal pro dicionário da Teresinha e da mãe, fogareiro não estava ali? E o dicionário delas dera pra aqueles estreitos metros cúbicos de ar mofado o nome estapafúrdio de cozinha.

Nessa espécie de tapera a moça vivia com a mãe e o filhote de sobra. De sobra em todos os sentidos, sim. Sobrava porque afinal amor pra Teresinha, meu Deus! vivendo entre injustiças de toda a sorte, desejando homem pro corpo e não tendo, se esquecendo do

Alfredo gostado pelo Alfredo ameaçando e já com morte na consciência... E só tendo na mão consolada pela água pura, ceroulas, calças, meias com mais de sete dias de corpo suado... E além do mais, odiando uns fregueses sempre devendo a semana retrasada... Tudo isso a Teresinha aguentava. E pra tampar duma vez todos os vinhos do amor, inda por cima chegava a peste da sogra amaldiçoada, odiada mas desejada por causa dos dez mil-réis deixados mensalmente ali. A figlia dum cane vinha, emproada porque tinha de seu aí pra uns trinta contos, nem sei, e desbaratava com ela por um nadinha.

Podia ter amor uma mulher já feita, com trinta anos de seca no prazer, corpo cearense e alma ida-se embora desde muito!... E o Paulino, faziam já quasi quatro anos, dos oito meses de vida até agora, que não sabia o que era calor de peito com seio, dois braços apertando a gente, uma palavra "figliuolo mio" vinda em cima dessa gostosura, e a mesma boca enfim se aproximando da nossa cara, se ajuntando num chupão leve que faz bulha tão doce, beijo de nossa mãe...

Paulino sobrava naquela casa.

E sobrava tanto mais, que o esperto do maninho mais velho, quando viu que tudo ia mesmo por água a baixo, teve um anjo da guarda caridoso que depositou na língua do felizardo o micróbio do tifo. Micróbio foi pra barriguinha dele, agarrou tendo filho e mais filho a milhões por hora, e nem passaram duas noites, havia lá por dentro um footing tal da microbiada marchadeira, que o asfaltinho das tripas se gastou. E o desbatizado foi pro limbo dos pagãos sem culpa. Sobrou Paulino.

É lógico que ele não podia inda saber que estava sobrando assim tanto neste mundo duro, porém sabia muito bem que naquela casa não sobrava nada pra comer. Foi crescendo na fome, a fome era o alimento dele. Sem pôr consciência nos mistérios do corpo, ele acordava assustado. Era o anjo... que anjo da guarda! era o anjo da malvadeza que acordava Paulino altas horas pra ele não morrer. O desgraçadinho abria os olhos na escuridão cheirando ruim do quarto, e inda meio que percebia que estava se devorando por dentro. De primeiro ele chorava.

— Stá zito, guaglion!

Que "stá zito" nada! Fome vinha apertando... Paulino se levantava nas pernas de arco, e balanceando chegava afinal junto à cama da mãe. Cama... A cama grande ela vendeu quando esteve uma vez com a corda na garganta por causa do médico pedindo aquilo ou vinte bagarotes pela cura do pé arruinado. Deu os vinte vendendo a cama. Cortou o colchão pelo meio e botou a metade sobre aqueles três caixões. Essa era a cama.

Teresinha acordava da fadiga com a mãozinha do filho batendo na cara dela. Ficava desesperada de raiva. Atirava a mão no escuro, acertasse onde acertasse, nos olhos, na boca do estômago, pláa!... Paulino rolava longe com uma vontade legítima de botar a boca no mundo. Porém o corpo lembrava duma feita em que a choradeira fizera o salto do tamanco vir parar mesmo na boca dele, perdia o gosto de berrar. Ficava choramingando tão manso que até embalava o sono da Teresinha. Pequenininho, redondo, encolhido, talqualmente tatuzinho de jardim.

O sofrimento era tanto que acabava desprezando os pinicões da fome, Paulino adormecia de dor. De madrugada, o tempo esfriando acordava o corpo dele outra vez. Meio esquecido, Paulino espantava de se ver dormindo no assoalho, longe do colchão da vó. Estava com uma dorzinha no ombro, outra dorzinha no joelho, outra dorzinha na testa, direito no lugar encostado no chão. Percebia muito pouco as dorzinhas, por causa da dor guaçu do frio. Engatinhava medroso, porque a escureza estava já toda animada com as assombrações da aurora, abrindo e fechando o olho das frestas. Espantava as baratas e se aninhava no calor ilusório dos ossos da avó. Não dormia mais.

Afinal, ali pelas seis horas, já familiarizado com a vida por causa dos padeiros, dos leiteiros, dos homens cheios de comidas que passavam lá longe, um calor custoso nascia no corpo de Paulino. Porém a mãe também já estava acordando com as bulhas da vida. Sentada, vibrando com a sensualidade matinal que bota a gente louco de vontade, a Teresinha quasi se arrebentava, apertando os braços contra a peitaria, o ventre e tudo, forçando tanto uma perna contra a outra que sentia uma dor nos rins. Nascia nela esse ódio impaciente e sem destino, que vem da muita virtude conservada a custo de muita miséria, virtude que ela mesma estava certa, mais dia menos dia tinha de se acabar. Procurava o tamanco, dando logo o estrilo com a mãe, "si não sabia que não era mais hora de estar na cama", que fosse botar água na tina, etc.

Então Paulino, antes das duas mulheres, abandonava o calor nascente do corpo. Ia já rondar a cozinha porque estava chegando o momento mais feliz da vida dele: o pedaço de pão. E que domingo pra Paulino quando, porque um freguês pagou, porque a sogra apareceu, coisa assim, além do pão, bebiam café com açúcar!... Chupava depressa, queimando a língua e os beicinhos brancos, aquela água quente, sublime de gostosa por causa duma pitadinha de café. E saía comer o pão lá fora.

Na frente da casa não, era lá que ficavam a torneira, as tinas e o coaral. As mulheres estavam fazendo suas lavagens de roupa e era ali na piririca: briga e descompostura o tempo todo. Quem pagava era o reinação do Paulino. Acabava sempre com um pão mal comido e algum cocre de inhapa bem no alto do coco, doendo fino.

Deixou de ir para lá. Abria a porta só encostada da cozinha, descia o degrau, ia correcorrendo se rir pra alegria do frio companheiro, por entre os tufos de capim e as primeiras moitas de carrapicho. Esse matinho atrás da casa era a floresta. Ali Paulino curtia as penas sem disfarce. Sentado na terra ou dando com o calcanhar nos olhos dos formigueiros, principiava comendo. De repente quasi caía levantando a perninha, ai! do chão, pra matar a saúva ferrada no tornozelinho de bico. Erguia o pão caído e recomeçava o almoço, achando graça no requetreque que a areia ficada no pão, ganzava agora nos dentinhos dele.

Mas não esquecia da saúva não. Pão acabado, surgia, distraindo a fome nova, o guerreiro crila. Procurava uma lasca de pau, ia caçar formigas no matinho. Afinal, matinho não muito pequeno porque dava atrás na várzea, e não havia sinão um lembrete de cerca fechando o terreno. Mas nunca Paulino penetrou na várzea que era grande demais pra ele. Lhe bastava aquele matinho gigante, sem planta com nome, onde o sol mais preguiça nunca deixava de entrar.

Graveto em punho lá ia em busca de saúva. As formiguinhas menores, não se importava com elas não. Só arremetia contra saúva. Quando achava uma, perseguia-a paciente, rompendo entre os ramos entrançados dos arbustos, donde muitas vezes voltava com a mão, a perna ardendo por ter relado nalgum mandarová. Trazia a saúva pro largo e levava horas brincando com a desgraçadinha, até a desgraçadinha morrer.

Quando ela morria, o sofrimento recomeçava pra Paulino, era fome. O sol já estava alto, porém Paulino sabia que só depois das fábricas apitarem havia de ter feijão com arroz nos tempos ricos, ou novo pedaço de pão nos tempos felizmente mais raros. Batia uma fome triste nele que outra saúva combatida não conseguia distrair mais. Banzava na desgraça, melancolizado com a repetição do sofrimento cotidiano. Sentava em qualquer coisa, descansando a bochecha na mão, cabeça torcidinha, todo penaroso. Afinal, nalguma sombra rendada, aprendeu a dormir de fome. Adormecia. Sonhava não. As moscas vinham lhe bordando de asas e zumbidos a boquinha aberta, onde um resto de adocicado ficou. Paulino dormindo fecha de repente os beiços caceteados, se mexe, abre um pouco as perninhas encolhidas e mija quente em si.

Sono curto. Acordou muito antes das fábricas apitarem. Mastigou a boca esfomeada, recolheu com a língua os sucos perdidos nos beiços. Requetreque de areia e uma coisinha meia doce no paladar. Tirou com a mão pra ver o que era, eram duas moscas. Moscas sim, porém era meio adocicado. Tornou a botar as moscas na língua, chupou o gostinho delas, enguliu.

Foi assim o princípio dum disfarce da fome por meio de todas as coisas engulíveis do matinho. Não tardou muito e virou "papista" como se diz: trocou a caça das saúvas pelos piqueniques de terra molhada. Comer formiga então... Junto dos montinhos dos formigueiros encostava a cara no chão com a língua pronta.

Quando formiga aparecia, Paulino largava a língua hábil, grudava nela a formiga, e a esfregando no céu da boca sentia um redondinho infinitesimal. Punha o redondinho entre os dentes, trincava e engulia o guspe ilusório. E que ventura si topava com alguma correição! De gatinhas, com o fiofó espiando as nuvens, lambia o chão tamanduamente. Apagava uma carreira viva de formiga em três tempos.

Nessa esperança de matar a fome, Paulino foi descendo a coisas nojentas. Isto é, descendo, não. Era incapaz de pôr jerarquia no nojo, e até o último comestível inventado foi formiga. Porém não posso negar que uma vez até uma barata... Agarrou e foi-se embora mastigando, mais inocente que vós, filhos dos nojos. Porém, compreende-se: eram alimentos que não davam sustância nenhuma. Fábrica apitava e o arroz-com-feijão vinha achar Paulino empanturrado de ilusões, sem fome. Pegou aniquilando, escurecendo que nem dia de inverno.

Teresinha não reparava. O buçal da virtude estava já tão gasto que via-se o momento da moça desembestar livre, vida fora. Foi o tempo em que tapa choveu por todas as partes de Paulino cegamente, caísse onde caísse. Quando ela vinha pra casa já escutava a companhia do Fernandez, carroceiro. Era um mancebo de boa tradição, desempenado, meio lerdo, porém com muita energia. Devia de ter vinte e cinco anos, si tinha! e se engraçou pela envelhecida, quem quiser saiba por quê. Buçal arrebentou. Quando ele pôde carregar a trouxa pra ela, veio até a casa, entrou que nem visita, e Teresinha ofereceu café e consentimento. A velha, sujando a língua com os palavrões mais incompreensíveis, foi dormir na cozinha com Paulino espantado.

Em todo caso a boia milhorou, e o barrigudinho conheceu o segredo da macarronada. Só que tinha muito medo do homem. Fernandez fizera uma festinha pra ele na primeira aparição, e quando saiu do quarto de-manhã e beberam café todos juntos, Paulino confiado foi brincar com a perna comprida do homem. Mas tomou com um safanão que o fez andar de orelha murcha um tempo.

É lógico que a sogra havia de saber daquilo, soube e veio. Teresinha muito fingida falou bom-dia pra ela e a mulatona respondeu com duas pedras na mão. Porém agora Teresinha não carecia mais da outra e refricou, assanhada feito irara. Bate-boca tremendo! Paulino nem tinha pernas pra abrir o pala dali, porque a velha apontava pra ele, falando "meu neto" que mais "meu neto" sem parada. E mandava que Teresinha agora se arranjasse, porque não estava pra sustentar cachorrice de italiana acueirada com espanhol. Teresinha secundava gritando que espanhol era muito mais milhor que brasileiro, sabe! sua filha de negro! mãe de assassino! Não careço da senhora, sabe! mulata! mulatona! mãe de assassino!

— Mãe de assassino é tu, sua porca! Tu que fez meu filho sê infeliz, maldiçoada do diabo, carcamana porca!

— Saia já daqui, mãe de assassino! A senhora nunca se amolou com seu neto, agora vem com prosa aí! Leve seu neto si quiser!

— Pois levo mesmo! coitadinho do inocente que não sabe a mãe que tem, sua porca! porca!

Suspendeu Paulino esperneando, e lá se foi batendo salto, ajeitando o xale de domingo, por entre as curiosas raras do meidia. Inda virou, aproveitando a assistência, pra mostrar como era boa:

— Escute! Vocês agora, não pago mais aluguel de casa pra ninguém, ouviu! Protegi você porque era mulher de meu filho desgraçado, mas não tou pra dar pouso pra égua, não!

Mas a Teresinha, louca de ódio, já estava olhando em torno pra encontrar um pau, alguma coisa que matasse a mulatona. Esta achou milhor partir duma vez, triunfante ploque ploque.

Paulino ia ondulando por cima daquelas carnes quentes. Chorava assustado, não tendo mais noção da vida, porque a rua nunca vista, muita gente, aquela mulher estranha e ele sem mãe, sem pão, sem matinho, sem vó... não sabia mais nada! meu Deus! como era desgraçado! Teve um medo pavoroso no corpinho azul. Inda por cima não podia chorar à vontade porque reparara muito bem, a velha tinha um sapatão com salto muito grande, pior que tamanco. Devia de ser tão doído aquele salto batendo no dentinho, rasgando o beiço da gente... E Paulino horrorizado enfiava quasi as mãozinhas na boca, inventando até bem artisticamente a função da surdina.

— Pobre de meu neto!

Com a mão grande e bem quente pegou na cabecinha dele, ajeitando-a no pescoço de borracha. Carregado gostoso naqueles braços bons, com o xale dando inda mais quentura pra gente ser feliz... E a velha olhou pra ele com olhos de piedade confortante... Meu Deus! que seria aquilo tão gostoso!... É assomo de ternura, Paulino. A velha apertou-o no peito abraçando, encostou a cara na dele, e depois deu beijos, beijos, revelando pro piá esse mistério maior.

Paulino quis sossegar. Pela primeira vez na vida o conceito de futuro se alargou até o dia seguinte na ideia dele. Paulino sentiu que estava protegido, e no dia seguinte havia de ter café-com-açúcar na certa. Pois a velha não chegara a boca ajuntada bem na cara dele e não dera aquele chupão que barulhava bom? Dera. E a ideia de Paulino se encompridou até o dia seguinte, imaginando um canecão do tamanho da velha, cheinho de café-com-açúcar. Foi se rir pras duas lágrimas piedosas dela, porém bem no meio da gota apareceu uma botina que foi crescendo, foi crescendo e ficou com um tacão do tamanho da velha. Paulino reprincipiou chorando baixo, que nem nas noites em que o acalanto da manha embalava o sono da Teresinha.

— Ara! também agora basta de chorar! Ande um pouco, vamos!

O salto da botina encompridou enormemente e era a chaminé do outro lado da rua. O pranto de Paulino parou, mas parou engasgado de terror. Chegaram.

Esta era uma casa de verdade. Entrava-se no jardinzinho com flor, que até dava vontade de arrancar as sempre-vivas todas, e, subida a escadinha, havia uma sala com dois retratos grandes na parede. Um homem e uma mulher que era a velha. Cadeiras, uma cadeira grande cabendo muita gente nela. Na mesinha do meio um vaso com uma flor cor-de-rosa que nunca murchou. E aquelas toalhinhas brancas nas cadeiras e na mesa, que devia distrair a gente cortando tantas bolotinhas...

O resto da casa assombrou desse mesmo jeito o despatriado. Depois apareceram mais duas moças muito lindas, que sempre viveram de saia azul-marinho e blusa branca. Olharam duras pra ele. Aqueles quatro olhos negros desceram lá do alto e tuque! deram um cocre na alma de Paulino. Ele ficou tonto, sem movimento, grudado no chão.

Daí foi uma discussão terrível. Não sei o que a velha falou, e uma das normalistas respondeu atravessado. A velha asperejou com ela falando no "meu neto". A outra respondeu gritando e uma tormenta de "meu neto" e "seu neto" relampagueou alto sobre a cabeça de Paulino. A história foi piorando. Quando não teve mais agudos pras três vozes subirem, a velha virou um bofete na filha da frente, e a outra fugindo escapou de levar com a colher bem no coco.

A invenção de Paulino não podia ajuntar mais terrores. E o engraçado é que o terror pela primeira vez despertou mais a inteligência dele. O conceito de futuro que fazia pouco atingira até o dia seguinte, se alongou, se alongou até demais, e Paulino percebeu que entre raivas e maus-tratos havia de passar agora o dia seguinte inteiro e o outro dia seguinte e outro, e nunca mais haviam de parar os dias seguintes assim. É lógico: sem ter a soma dos números, mais de três mil anos de dias seguintes sofridos, se ajuntaram no susto do piá.

— Vá erguer aquela colher!

As metades do arco se moveram ninguém sabe como, Paulino levantou a colher do chão que deu pra velha. Ela guardou a colher e foi lá dentro. A varanda ficou vazia. Estava tudo arranjado, e as sombras da tarde rápida entravam apagando as coisas desconhecidas. Só a mesa do centro inda existia nitidamente, riscada de vermelho e branco. Paulino foi se encostar na perna dela. Tremia de medo. Chiava um cheiro gostoso lá dentro, e da sombra da varanda um barulhinho monótono, tique-taque, regulava as sensações da gente. Paulino sentou no chão. Uma calma grande foi cobrindo o pensamento aniquilado: estava livre do tacão da velha. Ela não era que nem a mãe não. Quando tinha raiva não atirava botina, atirava uma colher levinha, brilhando de prateada. Paulino se encolheu deitado, encostando a cabeça no chão. Estava com um sono enorme de tanto cansaço nos sentimentos. Não havia mais perigo de receber com tamanco no dentinho, a mulatona só atirava aquela colher prateada. E Paulino ignorava se colher doía muito, batendo na gente. Adormeceu bem calmo.

— Levante! que é isso agora! Como esse menino deve ter sofrido, Margot! Olhe a magreira dele!

— Pudera! com a mãe na gandaia, festando dia e noite, você queria o que, então!

— Margot... você sabe bem certo o que quer dizer puta, hein? Eu acho que a gente pode falar que Paulino é filho da puta, não?

Se riram.

— Margot!

— Senhora!

— Mande Paulino aqui pra dar comida pra ele!

— Vá lá dentro, menino!

As pernas de arco balançaram mais rápidas. Uma cozinha em que a gente não podia nem se mexer. A velha boa inda puxou o capacho da porta com o pé:

— Sente aí e coma tudo, ouviu!

Era arroz-com-feijão. A carne, Paulino viu com olho comprido ela desaparecer na porta da varanda. Menino de quatro anos não come carne, decerto imaginou a velha, meia em dificuldades sempre com a educação das filhas.

E a vida mudou de misérias pra Paulino, mas continuou a sempre miserável. Boia milhorou muito e não faltava mais, porém Paulino estava sendo perseguido pelos vícios do matinho. Nunca mais a mulatona teve daqueles assomos de ternura do primeiro dia, era uma dessas cujo mecanismo de vida não difere muito do cumprimento do dever. Aquele beijo fora sincero, mas apenas dentro das convenções da tragédia. Tragédia acabara e com ela a ternura também. E no entanto ficara muito em Paulino a saudade dos beijos...

Quis se chegar pras moças porém elas tinham raiva dele, e podendo, beliscavam. Assim mesmo a mais moça, que era uma curiosa do apá virado e nunca tirava as notas de Margot na escola, Nininha, é que tomara pra si dar banho no Paulino. Quando chegava no sábado, o pequeno meio espantado e muito com medo de beliscão, sentia as carícias dum rosto lindo em fogo se esfregando no corpinho dele. Acabava sempre aquilo, a menina com uma raiva bruta, vestindo depressa a camisolinha nele, machucando, "fica direito, peste!", pronto: um beliscão que doía tanto, meu Deus!

Paulino descia a escada da cozinha, ia muito jururu pelo corredorzinho que dava no jardim da frente, puxava com esforço o portão sempre encostado, sentava, punha a mão na bochecha, cabecinha torcida pro lado e ficava ali, vendo o mundo passar.

E assim, entre beliscões e palavras duras que ele não entendia nada, "menino fogueto", "filho de assassino", ele também passava feito o mundo: magro escuro terroso, cada vez se aniquilando mais. Mas o que que havia de fazer? Bebia o café e já falavam que fosse comer o pão no quintal sinão, porco! sujava a casa toda. Ia pro quintal, e a terra estava tão úmida, era uma tentação danada! Nem ele punha reparo que era uma tentação porque nenhum cocre, nenhuma colherada, o proibira de comer terra. Treque-trrleque, mastigava um bocadinho, engulia, mastigava outro bocadinho, engulia. E ali pelas dez horas sempre, com a pressa das normalistas assombrando a calma da vida, tinha que assentar naquele capacho pinicando, tinha que engulir aquele feijão-com-arroz num fastio impossível...

— Minha Nossa Senhora, esse menino não come! Ói só com que cara ele olha pra comida! Pra que que tu suja a cara de terra desse jeito, hein, seu porcalhão!

Paulino assustava, e o instinto fazia ele engulir em seco esperando a colherada nunca vinda. Porém desta vez a velha tivera uma iluminação no mecanismo:

— Será que!... Você anda comendo terra, não! Deixe ver!

Puxou Paulino pra porta da cozinha, e com aquelas duas mãos enormes, queimando de quentes:

— Abra a boca, menino!

E arregaçava os beiços dele. Terra nos dentinhos, na gengiva.

— Abra a boca, já falei!

E o dedo escancarava a boquinha terrenta, língua aparecendo até a raiz, todinha da cor do barro. A sova que Paulino levou nem se conta! Principiou com o tapa na boca aberta, que até deu um som engraçado, bóo! e não posso falar como acabou de tanta mistura de cocre beliscão palmadas. E palavreado, que afinal pra criancinha é tabefe também.

Então é que principiou o maior martírio de Paulino. Dentro da casa, nenhuma queria que ele ficasse, tinha mesmo que morar no quintal. Antes do pão porém, já vinha uma sova de ameaças, tão dura, palavra de honra: Paulino descia a escadinha completamente abobado, sentindo o mundo bater nele. E agora?... Pão acabou e a terra estava ali toda oferecida chamando. Mas aquelas três beliscadoras não queriam que ele comesse a terra gostosa... Oh tentação pro pobre santantoninho! queria comer e não podia. Podia, mas depois lá vinha de hora em hora o dedão da velha furando a boquinha dele... Como?... Não como?... Fugia da tentação, subia a escadinha, ficava no alto sentado, botando os olhos na parede pra não ver. E a terra sempre chamando ali mesmo, boa, inteirinha dele, cinco degraus fáceis embaixo...

Felizmente não sofreu muito não. Três dias depois, não sei si brincou na porta com os meninos de frente, apareceu tossindo. Tosse aumentou, foi aumentando, e afinal Paulino escutou a velha falar, fula de contrariedade, que era tosse-de-cachorro. Si haviam de levar o menino no médico, em vez, vamos dar pra ele o xarope que dona Emília ensinou. Nem xarope de dona Emília, nem os cinco mil-réis ficados no boticário mais chué do bairro sararam o coitadinho. Tinha mesmo de esperar a doença, de tanto não encontrando mais sonoridade pra tossir, ir-se embora sozinha.

O coitado nem bem sentia a garganta arranhando, já botava as mãozinhas na cabeça, inquieto muito! engulindo apressado pra ver se passava. Ia procurando parede pra encostar, vinha o acesso. Babando, olho babando, nariz babando, boca aberta não sabendo fechar mais, babando numa conta. O coitadinho sentava no lugar onde estava, fosse onde fosse porque sinão caía mesmo. Cadeira girava, mesa girava, cheiro de cozinha girava. Paulino enjoado atordoado, quebrado no corpo todo.

— Coitado. Olhe, vá tossir lá fora, você está sujando todo o chão, vá!

Ele arranjava jeito de criar força no medo, ia. Vinha outro acesso, e Paulino deitava, boca beijando a terra mas agora sem nenhuma vontade de comer nada. Um tempo estirado passava. Paulino sempre na mesma posição. Corpo nem doía mais, de tanto abatimento, cabeça não pensando mais, de tanto choque aguentado. Ficava ali, e a umidade da terra ia piorar a tosse e havia de matar Paulino. Mas afinal aparecia uma forcinha, e vontade de levantar. Vai levantando. Vontade de entrar. Mas podia sujar a casa e vinha o beliscão no peitinho dele. E não valia de nada mesmo, porque mandavam ele pra fora outra vez ...

Era de-tarde, e os operários passavam naquela porção de bondes... enfim divertia um bocado pelo menos os olhos ramelosos. Paulino foi sentar no portão da frente. A noite caía agitando vida. Um ventinho poento de abril vinha botar a mão na cara da gente, delicado. O sol se agarrando na crista longe da várzea, manchava de vermelho e verde o espaço fatigado. Os grupos de operários passando ficavam quasi negros contra a luz. Tudo estava muito claro e preto, incompreensível. Os monstros corriam escuros, com moços dependurados nos estribos, badalando uma polvadeira vermelha na calçada. Gente, mais monstros e os cavalões nas bonitas carroças.

Nesse momento a Teresinha passou. Vinha nuns trinques, só vendo! sapato amarelado e meia roseando uma perna linda mostrada até o joelho. Por cima um vestido azul-claro mais lindo que o céu de abril. Por cima a cara da mamãe, que beleza! com aquele cabelo escuro fazendo um birote luzido, e os bandós azulando de napolitano o moreno afogueado pelas cores de Paris.

Paulino se levantou sem saber, com uma burundanga inexplicável de instintos festivos no corpo, "Mamma!" que ele gritou.

Teresinha virou chamada, era o figliuolo. Não sei o que despencou na consciência dela, correu ajoelhando a sedinha na calçada, e num transporte, machucando bem delicioso até, apertou Paulino contra os peitos cheios. E Teresinha chorou porque afinal das contas ela também era muito infeliz. Fernandez dera o fora nela, e a indecisa tinha moçado duma vez. Vendo Paulino sujo, aniquiladinho, sentiu toda a infelicidade própria, e meia que desacostumou de repente da vida enfeitada que andava levando, chorou.

Só depois é que sofreu pelo filho, horroroso de magro e mais frágil que a virtude. Decerto estava sofrendo com a mulatona da avó... Um segundo matutou levar Paulino consigo. Porém, escondendo de si mesma o pensamento, era incontestável que Paulino havia de ser um trambolho pau nas pândegas. Então olhou a roupinha dele. De fazenda boa não era, mas enfim sempre servia. Agarrou nesse disfarce que apagava a consciência, "meu filho está bem tratado", pra não pensar mais nele nunca mais. Deu um beijo na boquinha molhada de gosma ainda, procurou engulir a lágrima, "figliuolo", não foi possível, apertou muito, beijou muito. Foi-se embora arranjando o vestido.

Paulino de-pezinho, sem um gesto, sem um movimento, viu afinal lá longe o vestido azul desaparecer. Virou o rostinho. Havia um pedaço de papel de embrulho, todo engordurado, rolando engraçado no chão. Dar três passos pra pegá-lo... Nem valia a pena. Sentou de novo no degrau. As cores da tarde iam cinzando mansas. Paulino encostou a bochecha na palminha da mão e meio enxergando, meio escutando, numa indiferença exausta, ficou assim. Até a gosma escorria da boca aberta na mão dele. Depois pingava na camisolinha. Que era escura pra não sujar.

Túmulo, túmulo, túmulo

Publicado originalmente em 1934 no livro *Os contos de Belazarte*

Belazarte me contou:

Caso triste foi o que sucedeu lá em casa mesmo... Eu sempre falo que a gente deve ser enérgico, nunca desanimar, que se entregar é covardia, porém quando a coisa desanda mesmo não tem vontade, não tem paciência que faça desgraça parar.

Um tempo andei mais endinheirado, com emprego bom e inda por cima arranjando sempre uns biscates por aí, que me deixavam viver à larga. Dinheiro faz cócega em bolso de brasileiro, enquanto não se gasta não há meios de sossegar, pois imaginei ter um criado só pra mim. Achava gostoso esses pedaços de cinema: o dono vai saindo, vem o criado com chapéu e bengala na mão, "Prudêncio, hoje não boio em casa, querendo sair, pode. Té logo". "Té logo, seu Belazarte."

Veio um criado mas eu não simpatizava com ele não. Sei lá si percebeu? uma noite pediu a conta e dei graças. Levei uns pares de dias assim, até que indo ver uns terrenos longe, estava no mesmo banco do bonde um tiziu extraordinário de simpático. Que olhos sossegados! você não imagina. Adoçavam tudo que nem verso de Rilke. Desci matutando, vi os terrenos, peguei o bonde que voltava. Instinto é uma curiosidade: quando o condutor veio cobrar a passagem e percebi que era o mesmo da ida, tive a certeza que o negrinho havia de estar no carro. Olhei para trás, pois não é que estava mesmo! Encontrei os olhos dele, dito e feito: senti uma doçura por dentro uma calma lenta, pensei: está aí, disso é que você carece pra criado. Mudei de banco e meio juruviá puxei conversa:

— Me diga uma coisa, você não sabe por acaso de algum moço que queira ser meu criado? Mas quero brasileiro e preto.

Riu manso, apalpando a vista com a pálpebra. Me olhou, respondendo com voz silenciosa, essa mesma de gente que não pensa nem viveu passado:

— Tem eu, sim senhor. O senhor querendo...

— Eu, eu quero sim, por que não havia de querer? Quanto você pede?

Etc. E ele entrou pro meu serviço.

Quando indaguei o nome dele, falou que chamava Ellis.

Ellis era preto, já disse... Mas uma boniteza de pretura como nunca eu tinha visto assim. Como linhas até que não era essas coisas, meio nhato, porém aquela cor elevava o meu criado a tipo de beleza da raça tizia. Com dezenove anos sem nem um poucadico de barba, a epiderme de Ellis era um esplendor. Não brilhava mas não brilhava nada mesmo! Nem que ele estivesse trabalhando pesado, suor corria, ficava o risco da gota feito rastinho de lesma e só. Bastava que lavasse a cara, pronto: voltava o preto opaco outra vez. Era doce, aveludado o preto de Ellis... A gente se punha matutando que havia de ser bom passar a mão naquela cor humilde, mão que andou todo o dia apertando passe-bem de muito branco emproado e filho da mãe. Ellis trazia o cabelo sempre bem roçado, arredondando o coco. Pixaim fininho, tão fofo que era ver piri de beira-rio. Beiço, não se percebia, negro também. Só mesmo o olhar amarelado, cor de ólio de babosa, é que descansava no meio daquela igualdade perfeita. É verdade que os dentes eram brancos, mas isso raramente se enxergava, porque Ellis tinha um sorriso apenas entreaberto. Estava muito igualado com o movimento da miséria pra andar mostrando gengiva a cada passo. A gente tinha impressão de que nada o espantava mais, e que Ellis via tudo preto, do mesmo preto exato da epiderme.

Como criado, manda a justiça contar que ele não foi inteiramente o que a gente está acostumado a chamar de criado bom. Não é que fosse ruim não, porém tinha seus carnegões, moleza chegou ali, parou. Limpava bem as coisas mas levava uma vida pra limpar esta janela. E depois deu de sair muito, não tinha noite que ficasse em casa. Mas no sentido de criado moral, Ellis foi sublime. De inteira confiança, discreto, e sobretudo amigo. Quando eu asperejava com ele, escutava tudo num desaponto que só vendo. Sei que eu desbaratava, ia desbaratando, ia ficando sem assunto pra desbaratar, meio com dó daquele tão humilde que, a gente percebia, não tinha feito nada por mal. Acabava sendo eu mesmo a discutir comigo:

— Sei bem que de tanto lavar copo vem um dia em que um escapole da mão... Está bom, veja si não quebra mais, ouviu?

— Sei, seu Belazarte.

E ficava esperando, jururu que fazia dó. Eu é que encafifava. Com aquele olho-de-pomba me seguindo, arrulhando pelo meu corpo numa bulha penarosa de carinho batido, eu nem sabia o que fazer. Pegava numa gravata, reparando que tinha pegado nela só pra gesticular, largava da gravata, arranja cabelo, arranja não-sei-o-quê, acabava sempre descobrindo poeira na roupa, uma mancha, qualquer coisa assim:

— Ellis, me limpe isto.

Ele vinha chegando meio encolhido e limpava. Então olho--de-babosa pousava em minha justiça, tremendo:

— Está bom assim, seu Belazarte?

— Está. Pode ir.

Ia. Porém ficava rondando. Mesmo que fosse lá no andar térreo trabalhar, me levava no pensamento, ia imaginando um jeito de me agradar. E não tinha mais parada nos agradinhos discretos enquanto eu não ria pra ele. Então gengiva aparecia. Quando chegava de noite já sabe, vinha pedindo pra ir no cinema, eu tinha pena, deixava. E quantas vezes ainda não acabei dando dinheiro pro cinema!

Nesse andar é lógico que eu mesmo estava fazendo arte de ficar sem criado. Foi o que sucedeu. Ellis tomou conta de mim duma vez. Piorar, piorou não, mas já estava difícil de dizer quem era o criado de nós dois. Sim, porque, afinal das contas quem que é o criado? quem serve ou quem não pode mais passar sem o serviço, digo mais, sem a companhia do outro?

— Ellis, você já sabe ler?... Uhm... acho que vou ensinar francês pra você, porque si um dia eu for pra Europa, não vou sem você.

— Si seu Belazarte for, eu vou também.

Sempre com o mesmo respeito. Às vezes eu chegava em casa sorumbático, moído com a trabalheira do dia, Ellis não falava nada, nem vinha com amolação, porém não arredava pé de mim, descobrindo o que eu queria pra fazer. Foi uma dessas vezes que escutei ele falando no portão pra um companheiro:

— Hoje não, seu Belazarte carece de mim.

Até achei graça. E principiei verificando que aquilo não tinha jeito mais, Ellis não trabalhava. Estava tomando um lugar muito grande em minha vida. Pois então vamos fazer alguma coisa pelo futuro dele, decidi. Entramos os dois numa explicação que me abateu, por causa dos sentimentos desencontrados que me percorreram. Ellis me confessou que pensava mesmo em ser chofer, mas não tinha dinheiro pra tirar a carta. Tive ciúmes, palavra. Secretamente eu achava que ele devia só pensar em ser meu criado. Mas venci o sentimento besta e falei que isso era o de menos, porque eu emprestava os cobres. Só que não pude vencer a fraqueza e, com pretexto de esclarecer, ajuntei:

— Você pense bem, decida e volte me falar. Chofer é bom, dá bem, só que é ofício perigoso e já tem muito chofer por aí. Muitas vezes a gente imagina que faz um giro e faz mas é um jirau. Enfim, tudo isso é com você. Já falei que ajudo, ajudo.

Foi então que ele me confessou que precisava ganhar mais porque estava com vontade de casar.

— Ellis, mas que idade você tem, Ellis!

— Dezanove, sim senhor.

— Puxa! e você já quer casar!

Deu aquele sorriso entreaberto, sossegado:

— Gente pobre carece casar cedo, seu Belazarte, sinão vira que nem cachorro sem dono.

Não entendi logo a comparação. Ellis esclareceu:

— Pois é: cachorro sem dono não vive comendo lixo dos outros?...

Meio que me despeitava também, isso do Ellis gostar de mais outra pessoa que do patrão, porém já sei me livrar com facilidade destes egoísmos. Perguntei quem era a moça.

— É tizia que nem eu mesmo, seu Belazarte. Se chama Dora.

Encabulou, tocando na namorada. Falei mais uma vez pra ele pensar bem no que ia fazer e me comunicasse.

Dias depois ele veio:

— Seu Belazarte... andei matutando no que o senhor me falou, semana atrás...

— Resolveu?

— Pois então a gente pode fazer uma coisa: espero o dia-dos-anos do senhor e depois saio.

Tive um despeito machucando. Decerto fui duro:

— Está bom, Ellis.

Não se mexeu. Depois de algum tempo, muito baixinho:

— Seu Belazarte...

— O que é.

— Mas... seu Belazarte... eu quero sair por bem da casa do senhor... até a Dora me falou que... me falou que decerto o senhor aceitava ser nosso padrinho...

Custou ele falar de tanta comoção. Olhei pra ele. O ólio de babosa destilava duas lágrimas negras no pretume liso. Me comovi também.

— Sai por bem, é lógico! Não tenho queixa nenhuma de você.

— Quando o senhor quiser alguma coisa, me chame que eu venho fazer. O senhor foi muito bom para mim...

— Não fui bom, Ellis, fui como devia porque você também foi direito.

Botei a mão no ombro dele pra sossegar o comovido soluçante, estava engasgado, o pobre!... Sem se esperar, rápido, virou a cara de lado, encolheu o ombro, beijou minha mão, partiu fechando a porta.

Já me sentava outra vez, pensando naquele beijo que fazia a minha mão tão recompensada por toda a humanidade, a porta abriu de leve. E ele, não se mostrando:

— Seu Belazarte, o senhor não falou que aceitava...

Até me ri.

— Aceito, Ellis! Quando que você casa?

— Si arranjar licença logo, caso no 8 de dezembro, sim senhor, dia da Virgem Maria.

Não me logrou, porém logrou a Virgem Maria. Saiu de casa dias depois do meu aniversário, e nem bem dona República fez anos, casou com a Dora, num dia claro que parecia querer durar a vida inteira. Cheguei do casamento com uma felicidade artística dentro de mim. Você não imagina que coisa mais bonita Ellis e Dora juntos! Mulatinha lisa, lisa, cor de ouro, isto é, cor de ólio de babosa, cor dos olhos de Ellis! E nos olhos então todo esse pretume impossível que o medo põe na cor do mato à noite. Você decerto que já reparou: a gente vê uns olhos de menina boa e jura: "Palavra que nunca vi olho tão preto", vai ver? quando muito olho é cor de fumo de Mapingui. É o receio da gente que bota escureza temível nos olhos desses nossos pecados... Que gostosa a Dora!

Era uma pretarana de cabelo acolchoado e corpo de potranquinha independente. Tinha um jeito de não-querer, muito fiteiro, um dengue meio fatigado oscilando na brisa, tinha uma fineza de S espichado, que fazia ela parecer maior do que era, uma graça flexível... Nem sei bem o que é que o corpo dela tinha, só sei que espantava tanto o desejo da gente, que desejo ficava de boca aberta, extasiado, sem gesto, deixando respeitosamente ela passar por entre toda a cristandade... Dora linda!

Ellis desapareceu uns meses e me esqueci dele. A vida é tão bondosa que nunca senti falta de ninguém. Reapareceu. Foi engraçado até. Me levantei tarde, desci pra beber meu mate, Ellis no hol, encerando.

— Bom dia, seu Belazarte.

— Ué! que que você está fazendo aqui!

— Dona Mariquinha me chamou pra limpar a casa.

— Mas você não está trabalhando então!

— Trabalho, sim senhor, mas a vida anda mesmo dura, seu Belazarte, a gente carece de ir pegando o que acha.

A fúria de casar borrara os sonhos do chofer. Vivia de pedreiro. Mamãe encontrou com ele e se lembrou de dar esse dinheiro semanal pro mendigo quasi. Um Ellis esmolambado, todo sujo de cal. Dora andava com muito enjoo, coisa do filho vindo. Não trabalhava mais. Ellis com pouco serviço. Estava magro e bem mais feio. De repente uma semana não apareceu. Que é, que não é, afinal veio uma conhecida contar que Ellis tinha adoecido de resfriado, estava tossindo muito, aparecendo uns caroços do lado da cara. Quando vi ele até assustei, era um caroção medonho, parecendo abscesso. Foi no dentista, não sei... dentista andou engambelando Ellis um sem-fim de tempo, começou aparecendo novo caroço do outro lado da cara. Mamãe imaginou que era anemia. Mandamos Ellis no médico de casa, com recomendação. Resultado: estava fraquíssimo do peito e si não tomasse cuidado, bom!

Calvário começou. Ele não sabia bem o que havia de fazer, eu também não podia estar recolhendo dois em casa. Inda mais doentes! Vacas magras também estavam pastando no meu campo nesse tempo... Foi uma tristeza. Ellis andou de cá pra lá, fazendo tudo e não fazendo nada. Mandou buscar a mãe, que vivia numa chacrinha emprestada em Botucatu, foram morar todos juntos na lonjura da Casa Verde, diz-que pra criar galinha e por causa do ar bom. Não arranjaram nada com as galinhas nem com os ares. Vieram pra cidade outra vez. Foram morar perto de casa, num porão, depois eu vi o porão, que coisa! Todos morando no buraco de tatu, Ellis, Dora, a mãe dele e mais dois gafanhotinhos concebidos de passagem.

Ellis voltara pra pedreiro, encerava nossa casa e outras que arranjamos, andou consertando esgotos, depois na Companhia de Gás... Não tinha parada, emagrecendo, não se descobriu remédio que acabasse inteiramente com os caroços.

Meio rindo, meio sério, nem eram bem sete da manhã, um dia apareceu contando que era pai. Vinha participar e:

— Seu Belazarte, vinha também saber si o senhor queria ser padrinho do tiziu, o senhor já está servindo de meu tudo mesmo.

Falei que sim, meio sem gostar nem desgostar, estava já me acostumando. Dei vinte mil-réis. Mamãe, que era a madrinha, andou indo lá no porão deles, arranjando roupas de lã pro desgraçadinho novo.

Nem semana depois, chego em casa e mamãe me conta que Dora tinha adoecido. Pedi pra ela ir lá outra vez, ela foi. Mandamos médico. Dora piorou do dia pra noite, e morreu quem a gente menos imaginava que morresse. Número um.

Agora sim, e a criança? É verdade que a mãe do Ellis tinha inda filho de peito, desmamou o safadinho que já estava errando língua portuguesa, e o leite dela foi mudando de porão.

O dia do batizado, sofri um desses desgostos, fatigantes pra mim que vivo reparando nas coisas. Primeiro quis que o menino se chamasse Benedito, nome abençoado de todos os escravos sinceros, porém a mãe do Ellis resmungou que a gente não devia desrespeitar vontade de morto, que Dora queria que o filho chamasse Armando ou Luis Carlos. Então pus autoridade na questão e cedendo um pouco também, acabamos carimbando o desgraçadinho com o título de Luís.

Havia muita lembrança de Dora naquilo tudo, há só dois dias que ela adormecera. Fizemos logo o batizado porque o menino estava muito aniquiladinho.

Engraçado o Ellis... Até hoje não me arrisco a entender bem qual era o sentimento dele pela Dora. Quando veio me comunicar a morte da pobre, até parecia que eu gostava mais dela, com este meu jeito de ficar logo num pasmo danado, sucedendo coisa triste.

— Dora morreu, seu Belazarte.

— Morreu, Ellis!

Nem posso explicar com quanto sentimento gritei. Ellis também não estava sossegado não, mas parecia mais incapacidade de sofrer que tristeza verdadeira. O amarelão dos olhos ficara rodeado dum branco vazio. Dora ia fazer falta física pra ele, como é que havia de ser agora com os desejos? Isso é que está me parecendo foi o sofrimento perguntado do Ellis. E pra decidir duma vez a indecisão, ele vinha pra mim cuja amizade compensava. E seria mesmo por amizade? Aqui nem a gente pode saber mais, de tanto que os interesses se misturavam no gesto, e determinavam a fuga de Ellis pra junto de mim. Eu era amigo dele, não tinha dúvida, porém numa ocasião como aquela não é muito de amigo que a gente precisa não, é mais de pessoa que saiba as coisas. Eu sabia as coisas, e havia de arranjar um jeito de acomodar a interrogação.

... e quem diz que na amizade também não existe esse interesse de ajutório?... Existe, só que mais bonito que no amor, porque interesse está longe do corpo, é mistério da vida silenciosa espiritual. Depois, amor... É inútil os pernósticos estarem inventando coisas atrapalhadas pra encherem o amor de trezentas auroras boreais ou caem no domínio da amizade, que também pode existir entre bigode e seios, ou então principiam sutilizando os gestos físicos do amor, caem na bandalheira. Observando, feito eu, amor de sem-educação, a gente percebe mesmo que nele não tem metafísica: uma escolha proveniente do sentimento que a babosa recebe dum corpo estranho, e em seguida furrum-fum-fum. A força do amor é que ele pode ser ao mesmo tempo amizade. Mas tudo o que existe de bonito nele, não vem dele não, vem da amizade grudada nele. Amor quando enxerga defeito no objeto amado, cega: "Não faz mal!" Mas o amigo sente: "Eu perdoo você." Isso é que é sublime no amigo, essa repartição contínua de si mesmo, coisa humana profundamente, que faz a gente viver duplicado, se repartindo num casal de espíritos amantes que vão, feito passarinhos de voo baixo, pairando rente ao chão sem tocar nele...

Dora era corpo só. E uma bondade inconsciente. Eu não tinha corpo mas era protetor. E principalmente era o que sabia as coisas. Desta vez amor não se uniu com amizade: o amor foi pra Dora, a amizade pra mim. Natural que o Ellis procedesse dessa forma, sendo um frouxo.

Batizado fatigante. Não paga a pena a gente imaginar que todos somos iguais, besteira! Mamãe, por causa da muita religião, imagina que somos. Inventou de convidar Ellis, mãe e tutti quanti pra comer um doce em nossa casa, vieram. Foi um ridículo oprimente pra nós os superiores, e deprimente pra eles os desinfelizes. Estavam esquerdos, cheios de mãos, não sabendo pegar na xicra. E eu então! Qualquer gesto que a gente faz, pegar no pão, na bolacha, pronto: já é diferente por classe da maneira, igualzinha muitas vezes, com que o pobre pega nessas coisas. Parece lição. A gente fica temendo rebaixar o outro e também já não sabe pegar na xicra mais. Custei pra inventar umas frases engraçadas, depois reparei que não tinham graça nenhuma por causa da Dora se dependurando nelas, não deixando a graça rir. De repente fui-me embora.

Não levou nem semana, o desgraçadinho pegou mirrando mais, mirrando e esticou. Número dois.

Ellis nem pôde tratar do enterro. Não é que estivesse penando muito, mas o caroço tinha dado de crescer no lado esquerdo agora. Na véspera tivera uma vertigem, ninguém sabe por que, junto do filho morrendo. Foi pra cama com febrão de quarenta e um no corpo tremido.

Era a tuberculose galopante que, sem nenhum respeito pelas regras da cidade, estava fazendo cento e vinte por hora na raia daquele peito apertado. Quando Ellis soube, virou meu filho duma vez. Mandava contar tudo pra mim. Mas não sei por que delicadeza sublime, por que invenção de amizade, descobriu que não me dou bem com a tísica. O certo é que nunca me mandou pedir pra ir vê-lo. Fui. Fui, também uma vez só, de passagem, falando que estava na hora de ir pro trabalho. Mas não deixei faltar nada pra ele. Nada do que eu podia dar, está claro, leite de vacas magras.

Durou três meses, nem isso, onze semanas em que me parece foi feliz. Sim, porque virara criança, e talvez pela primeira vez na vida, inventava essas pequenas faceirices com que a gente negaceia o amor daqueles por quem se sabe amado. Mantimento, remédios, roupa, tudo minha mãe é que providenciava pra ele, conforme desejo meu. Pois de sopetão vinha um pedido engraçado, que Ellis queria comer sopa da minha casa, que si eu não podia mandar pra ele uma meia igualzinha àquela que usara no batizado do desgraçadinho, com lista amarela, outra roxa até em cima... Uma feita mandou pedir de emprestado a almofada que eu tinha no meu estúdio e que, ele mandou dizer, até já estava bem velha. É lógico que almofada foi, porém dadinha duma vez.

Da minha parte era tudo agora gestos mecânicos de protetor, meu Deus! como a vida esperada se mecaniza... Não sei... Ellis creio que não, mas eu já fazia muito que estava acostumado a sentir Ellis morto. E aquela espera da morte já pra mim era bem uma morte longa, um andar na gandaia dentro da morte, que não me dava mais que uma saudade cômoda do passado. Era amigo dele, juro, mas Ellis estava morto, e com a morte não se tem direito de contar na vida viva. Ele, isso eu soube depois, ele sim, estava vivendo essa morte já chegada, numa contemplação sublime do passado, única realidade pra ele. Dora tinha sido uma função. A vida prática não fora sinão comer, dormir, trabalhar. No que se agarraria aquele morto em férias? Em mim, é lógico. Isso eu sube depois... Levava o dia falando no amigo, pensando no amigo. E todas aquelas faceirices de pedidos e vontadinhas de criança, não passavam de jeitos de se recordar mais objetivamente de mim. De se aproximar de mim, que não ia vê-lo.

Cheguei em casa pra almoçar, a mãe do Ellis viera dizer que ele estava me chamando, não gostei nada. Si agora ele principiava pedindo mais isso, eu que tenho um bruto horror de tísica... Enfim mandei a criada lá, que depois do almoço ia.

Quando cheguei na porta, os uivos da mãe dele me deram a notícia inesperada. Sim, inesperada, porque já estava acostumado a ficar esperando e perdera a noção de que o esperado havia mesmo de vir. Entrei. Estavam uma italianona vermelha de tanto choro por tabela e dois tizius fumando.

— Morreu!

— Ahm, su Beladzarte, tanto que o povero está chamando o sinhore!

— Mas já morreu, é!

— Que esperandza! desde manhãzinha está cham...

— Onde ele está?

Um dos tizius.

— Está lá dentro, sim senhor.

Jogou o cigarro e foi mostrando caminho. Segui atrás. Pulei por cima dos uivos saindo duma furna que nunca viu dia, e lá numa sala mais larga, com entrada em arco sem porta dando pro quintal interior, num canto invisível, chorava uma vela, era ali. Ellis vasquejava com as borlas dos caroços dependurados pros lados, medonho de magro. Estava morrendo desde manhã, sempre chamando por mim.

— Mas por que não me avisaram!

Eram não sei quantas vezes que agarravam a vela nas mãos dele já em cruz, pra sempre fantasiadas de morte. De repente soluço parava. O moribundo engulia em seco e pegava me chamando outra vez. Afinal parara de chamar fazia mais de hora. Parece que a coisa estava chegando. Falei baixo, sem querer, me acomodando com o silêncio da morte:

— Ellis... ôh Ellis!

Nada. Só o respiro serrando na madeira seca da garganta. Os outros me olhavam, esperando o bem que eu ia fazer pro coitado. Até parecia que o importante ali era eu. Insisti, lutando com a amizade da morte, mais uniforme que a minha. Com mentira e tudo, até me parece que eu insistia mais pra vencer a predominância da morte, e aqueles assistentes não me verem perder numa luta. Botei a mão na testa morna de Ellis, havia de me sentir.

— Ellis! sou eu, Ellis!... Sossegue que já cheguei, ouviu! Estou juntinho de você, ouviu!... Ellis!

O soluço parou.

— Pronto! Ansim que está fatchendo desde de manhán, ô povero!... Tira áa vela, Maria!

— Deixe a vela, ôh Ellis!

Ellis abriu as pálpebras, principiou abrindo, parecia que não parava mais de as abrir. Ficaram escancaradas, mas ólio de babosa não vê que escorrendo mais! pupilas fixas, retas, frechando o teto preto. Pus minha cara onde elas me focalizassem.

— Estou aqui, Ellis! Não tenha medo! você está me enxergando, hein!

— Está sim, seu Belazarte. Viu! desde manhã que está de olho fechado. Ele queria muito be... bem o senhor! também... também o senhor tem sido muito bom pro coitado... de meu filho, ai!... aaai! meu filho está morrendo, ahn! ahn! ahn!...

— Ellis! você está precisando de alguma coisa, hein! Eu faço!

A gelatina me recebia sem brilhar. As pálpebras foram cerrando um bocado. Instintivamente apressei a fala, pra que os olhos inda recebessem meu carinho:

— Eu faço tudo pra você! não quero que te falte nada, ouviu bem!

Os olhos se esconderam de todo com muita calma.

— Meu filho morreu! ai, ai!... Aaai!...

Tive um momento de desespero porque Ellis não dava sinal de me sentir. Insisti mais, ajoelhando junto da cama.

— Ora, o que é isso, Ellis!...

— ahan... só falava no senhor, ahn... ontem mesmo disse pra mim, ahan, que, ahn, milhorando cavava um poço... fundo, aáin...

pra enterrar todos os mi... micróbios pra despois, pedir pra morar, ahn... no porão da casa do senhor... aai!

— Levem ela! não vale a pena ele estar escutando esse choro!

Transportaram os uivos. Estaria escutando ainda? Insisti numa esperança exacerbada pela anedota da negra, sem querer, perverso, voz pura, doce de carícia:

— Ellis! você não me responde mesmo!

Abriu um pouco os olhos outra vez. Me via!

... foi tão humilde que nem teve o egoísmo de sustentar contra mim a indiferença da morte. O olhar dele teve uma palpitação franca pra mim. Ellis me obedecia ainda com esse olhar. Fosse por amizade, fosse por servilismo, obedeceu. Isso me fez confundir extraordinariamente com os manejos da vida, a morte dele. Desapareceu mistério, fatalidade, tudo o que havia de grandioso nela. Foi uma morte familiar. Foi uma morte nossa, entre amigos, direitinho aquele dia em que resolvemos, meu aniversário passado, ele ir buscar o casamento e a choferagem de ganhar mais.

Cerrava os olhos calmo. Pesei a mão no corpo dele pra que me sentisse bem. Ao menos assim, Ellis ficava seguro de que tinha ao pé dele o amigo que sabia as coisas. Então não o deixaria sofrer. Porque sabia as coisas...

Número três.

35

Primeiro de Maio

Publicado originalmente em 1934 na revista *Rumo*; incluído em 1947 no livro *Contos novos*

No grande dia Primeiro de Maio, não eram bem seis horas e já o 35 pulara da cama, afobado. Estava muito bem-disposto, até alegre, ele bem afirmara aos companheiros da Estação da Luz que queria celebrar e havia de celebrar. Os outros carregadores mais idosos meio que tinham caçoado do bobo, viesse trabalhar que era melhor, trabalho deles não tinha feriado. Mas o 35 retrucara com altivez que não, não carregava mala de ninguém, havia de celebrar o dia deles. E agora tinha o grande dia pela frente.

Dia dele... Primeiro quis tomar um banho pra ficar bem digno de existir. A água estava gelada, ridente, celebrando, e abrira um sol enorme e frio lá fora. Depois fez a barba. Barba era aquela penuginha meia loura, mas foi assim mesmo buscar a navalha dos sábados, herdada do pai, e se barbeou. Foi se barbeando. Nu só da cintura pra cima por causa da mamãe por ali, de vez em quando a distância mais aberta do espelhinho refletia os músculos violentos dele, desenvolvidos desarmoniosamente nos braços, na peitaria, no cangote, pelo esforço quotidiano de carregar peso. O 35 tinha um ar glorioso e estúpido. Porém ele se agradava daqueles músculos intempestivos, fazendo a barba.

Ia devagar porque estava matutando. Era a esperança dum turumbamba macota, em que ele desse uns socos formidáveis nas fuças dos polícias. Não teria raiva especial dos polícias, era apenas a ressonância vaga daquele dia. Com seus vinte anos fáceis, o 35 sabia, mais da leitura dos jornais que de experiência, que o proletariado era uma classe oprimida. E os jornais tinham anunciado que se esperava grandes "motins" do Primeiro de Maio, em Paris, em Cuba, no Chile, em Madri.

O 35 apressou a navalha de puro amor. Era em Madri, no Chile que ele não tinha bem lembrança se ficava na América mesmo, era a gente dele... Uma piedade, um beijo lhe saía do corpo todo, feito proteção sadia de macho, ia parar em terras não sabidas, mas era a gente dele, defender, combater, vencer... Comunismo?... Sim, talvez fosse isso. Mas o 35 não sabia bem direito, ficava atordoado com as notícias, os jornais falavam tanta coisa, faziam tamanha misturada de Rússia, só sublime ou só horrenda, e o 35 infantil estava por demais machucado pela experiência pra não desconfiar, o 35 desconfiava. Preferia o turumbamba porque não tinha medo de ninguém, nem do Carnera, ah, um soco bem nas fuças dum polícia... A navalha apressou o passo outra vez. Mas de repente o 35 não imaginou mais em nada por causa daquele bigodinho de cinema que era a melhor preciosidade de todo o seu ser. Lembrou aquela moça do apartamento, é verdade, nunca mais tinha passado lá pra ver se ela queria outra vez, safada! Riu.

Afinal o 35 saiu, estava lindo. Com a roupa preta de luxo, um nó errado na gravata verde com listinhas brancas e aqueles admiráveis sapatos de pelica amarela que não pudera sem comprar. O verde da gravata, o amarelo dos sapatos, bandeira brasileira, tempos de grupo escolar... E o 35 se comoveu num hausto forte, querendo bem o seu imenso Brasil, imenso colosso gigan-ante, foi andando depressa, assobiando. Mas parou de supetão e se orientou assustado. O caminho não era aquele, aquele era o caminho do trabalho.

Uma indecisão indiscreta o tornou consciente de novo que era o Primeiro de Maio, ele estava celebrando e não tinha o que fazer. Bom, primeiro decidiu ir na cidade pra assuntar alguma coisa. Mas podia seguir por aquela direção mesmo, era uma volta, mas assim passava na Estação da Luz dar um bom-dia festivo aos companheiros trabalhadores. Chegou lá, gesticulou o bom-dia festivo, mas não gostou porque os outros riram dele, bestas. Só que em seguida não encontrou nada na cidade, tudo fechado por causa do grande dia Primeiro de Maio. Pouca gente na rua. Deviam de estar almoçando já, pra chegar cedo no maravilhoso jogo de futebol escolhido pra celebrar o grande dia. Tinha mas era muito polícia, polícia em qualquer esquina, em qualquer porta cerrada de bar e de café, nas joalherias, quem pensava em roubar! nos bancos, nas casas de loteria. O 35 teve raiva dos polícias outra vez.

E como não encontrasse mesmo um conhecido, comprou o jornal pra saber. Lembrou de entrar num café, tomar por certo uma média, lendo. Mas a maioria dos cafés estavam de porta cerrada e o 35 mesmo achou que era preferível economizar dinheiro por enquanto, porque ninguém não sabia o que estava pra suceder. O mais prático era um banco de jardim, com aquele sol maravilhoso. Nuvens? umas nuvenzinhas brancas, ondulando no ar feliz. Insensivelmente o 35 foi se encaminhando de novo para os lados do Jardim da Luz. Eram os lados que ele conhecia, os lados em que trabalhava e se entendia mais. De repente lembrou que ali mesmo na cidade tinha banco mais perto, nos jardins do Anhangabaú. Mas o Jardim da Luz ele entendia mais. Imaginou que a preferência vinha do Jardim da Luz ser mais bonito, estava celebrando. E continuou no passo em férias.

Ao atravessar a estação achou de novo a companheirada trabalhando. Aquilo deu um mal-estar fundo nele, espécie não sabia bem, de arrependimento, talvez irritação dos companheiros, não sabia. Nem quereria nunca decidir o que estava sentindo já... Mas disfarçou bem, passando sem parar, se dando por afobado, virando pra trás com o braço ameaçador, "Vocês vão ver!"... Mas um riso aqui, outro riso acolá, uma frase longe, os carregadores companheiros, era tão amigo deles, estavam caçoando. O 35 se sentiu bobo, era impossível recusar, envilecido. Odiou os camaradas.

Andou mais depressa, entrou no jardim em frente, o primeiro banco era a salvação, sentou. Mas dali algum companheiro podia divisar ele e caçoar mais, teve raiva. Foi lá no fundo do jardim campear banco escondido. Já passavam negras disponíveis por ali. E o 35 teve uma ideia muito não pensada, recusada, de que ele também estava uma espécie de negra disponível, assim. Mas não estava não, estava celebrando, não podia nunca acreditar que estivesse disponível e não acreditou. Abriu o jornal. Havia logo um artigo muito bonito, bem pequeno, falando na nobreza do trabalho, nos operários que eram também os "operários da nação", é isso mesmo! O 35 se orgulhou todo comovido. Se pedissem pra ele matar, ele matava, roubava, trabalhava grátis, tomado dum sublime desejo de fraternidade, todos os seres juntos, todos bons... Depois vinham as notícias. Se esperava "grandes motins" em Paris, deu uma raiva tal no 35. E ele ficou todo fremente, quase sem respirar, desejando "motins" (devia ser turumbamba) na sua desmesurada força física, ah, as fuças de algum... polícia? polícia. Pelo menos os safados dos polícias.

Pois estava escrito em cima do jornal: em São Paulo a Polícia proibira comícios na rua e passeatas, embora se falasse vagamente em motins de-tarde no Largo da Sé. Mas a polícia já tomara todas as providências, até metralhadoras, estava em cima do jornal, nos arranha-céus, escondidas, o 35 sentiu um frio. O sol brilhante queimava, banco na sombra? Mas não tinha, que a Prefeitura, pra evitar safadez dos namorados, punha os bancos só bem no sol. E ainda por cima era aquela imensidade de guardas e polícias vigiando que nem bem a gente punha a mão no pescocinho dela, trilo. Mas a Polícia permitira a grande reunião proletária, com discurso do ilustre Secretário do Trabalho, no magnífico pátio interno do Palácio das Indústrias, lugar fechado! A sensação foi claramente péssima. Não era medo, mas por que que a gente havia de ficar encurralado assim! É! é pra eles depois poderem cair em cima da gente, (palavrão)! Não vou! não sou besta! Quer dizer: vou sim! desaforo! (palavrão), socos, uma visão tumultuária, rolando no chão, se machucava mas não fazia mal, saíam todos enfurecidos do Palácio das Indústrias, pegavam fogo no Palácio das Indústrias, não! a indústria é a gente, "operários da nação", pegavam fogo na igreja de São Bento mais próxima que era tão linda por "drento", mas pra que pegar fogo em nada! (O 35 chegara até a primeira comunhão em menino...), é melhor a gente não pegar fogo em nada; vamos no Palácio do Governo, exigimos tudo do Governo, vamos com o general da Região Militar, deve ser gaúcho, gaúcho só dá é farda, pegamos fogo no palácio dele. Pronto. Isso o 35 consentiu, não porque o tingisse o menor separatismo (e o aprendido no grupo escolar?) mas nutria sempre uma espécie de despeito por São Paulo ter perdido na revolução de 32. Sensação aliás quase de esporte, questão de Palestra-Coríntians, cabeça inchada, porque não vê que ele havia de se matar por causa de uma besta de revolução diz-que democrática, vão "eles"!... Se fosse o Primeiro de Maio, pelo menos... O 35 mal percebeu que se regava todo por "drento" dum espírito generoso de sacrifício. Estava outra vez enormemente piedoso, morreria sorrindo, morrer... Teve uma nítida, envergonhada sensação de pena. Morrer assim tão lindo, tão moço. A moça do apartamento...

Salvou-se lendo com pressa, oh! os deputados trabalhistas chegavam agora às nove horas, e o jornal convidavam (sic) o povo pra ir na Estação do Norte (a estação rival, desapontou) pra receber os grandes homens. Se levantou mandado, procurou o relógio da torre da Estação da Luz, ora! não dava mais tempo! quem sabe se dá!

Foi correndo, estava celebrando, raspou distraído o sapato lindo na beirada de tijolo do canteiro, (palavrão), parou botando um pouco de guspe no raspão, depois engraxo, tomou o bonde pra cidade, mas dando uma voltinha pra não passar pelos companheiros da Estação. Que alvoroço por dentro, ainda havia de aplaudir os homens. Tomou o outro bonde pro Brás. Não dava mais tempo, ele percebia, eram quase nove horas quando chegou na cidade, ao passar pelo Palácio das Indústrias, o relógio da torre indicava nove e dez, mas o trem da Central sempre atrasa, quem sabe? bom: às quatorze horas venho aqui, não perco, mas devo ir, são nossos deputados no tal de congresso, devo ir. Os jornais não falavam nada dos trabalhistas, só falavam dum que insultava muito a religião e exigia divórcio, o divórcio o 35 achava necessário (a moça do apartamento...), mas os jornais contavam que toda a gente achava graça no homenzinho, "Vós, burgueses", e toda a gente, os jornais contavam, acabaram se rindo do tal de deputado. E o 35 acabou não achando mais graça nele. Teve até raiva do tal, um soco é que merecia. E agora estava quase torcendo pra não chegar com tempo na estação.

Chegou tarde. Quase nada tarde, eram apenas nove e quinze. Pois não havia mais nada, não tinha aquela multidão que ele esperava, parecia tudo normal. Conhecia alguns carregadores dali também e foi perguntar. Não, não tinham reparado nada, decerto foi aquele grupinho que parou na porta da estação, tirando fotografia. Aí outro carregador conferiu que eram os deputados sim, porque tinham tomado aqueles dois sublimes automóveis oficiais. Nada feito.

Ao chegar na esquina o 35 parou pra tomar o bonde, mas vários bondes passaram. Era apenas um moço bem-vestidinho, decerto à procura de emprego por aí, olhando a rua. Mas de repente sentiu fome e se reachou. Havia por dentro, por "drento" dele um desabalar neblinoso de ilusões, de entusiasmo e uns raios fortes de remorso. Estava tão desagradável, estava quase infeliz... Mas como perceber tudo isso se ele precisava não perceber!... O 35 percebeu que era fome.

Decidiu ir a pé pra casa, foi a pé, longe, fazendo um esforço penoso para achar interesse no dia. Estava era com fome, comendo aquilo passava. Tudo deserto, era por ser feriado, Primeiro de Maio. Os companheiros estavam trabalhando, de vez em quando um carrego, o mais eram conversas divertidas, mulheres de passagem, comentadas, piadas grossas com as mulatas do jardim, mas só as bem limpas mais caras, que ele ganhava bem, todos simpatizavam logo com ele, ora por que que hoje me deu de lembrar aquela moça do apartamento!... Também: moça morando sozinha é no que dá. Em todo caso, pra acabar o dia era uma ideia ir lá, com que pretexto?... Devia ter ido em Santos, no piquenique da Mobiliadora, doze paus convite, mas o Primeiro de Maio... Recusara, recusara repetindo o "não" de repente com raiva, muito interrogativo, se achando esquisito daquela raiva que lhe dera. Então conseguiu imaginar que esse piquenique monstro, aquele jogo de futebol que apaixonava eles todos, assim não ficava ninguém pra celebrar o Primeiro de Maio, sentiu-se muito triste, desamparado. É melhor tomo por esta rua. Isso o 35 percebeu claro, insofismável que não era melhor, ficava bem mais longe. Ara, que tem! Agora ele não podia se confessar mais que era pra não passar na Estação da Luz e os companheiros não rirem dele outra vez. E deu a volta, deu com o coração cerrado de angústia indizível, com um vento enorme de todo o ser assoprando ele pra junto dos companheiros, ficar lá na conversa, quem sabe? trabalhar... E quando a mãe lhe pôs aquela esplêndida macarronada celebrante sobre a mesa, o 35 foi pra se queixar "Estou sem fome, mãe". Mas a voz lhe morreu na garganta.

Não eram bem treze horas e já o 35 desembocava no parque Pedro II outra vez, à vista do Palácio das Indústrias. Estava inquieto mas modorrento, que diabo de sol pesado que acaba com a gente, era por causa do sol. Não podia mais se recusar o estado de infelicidade, a solidão enorme, sentida com vigor. Por sinal que o parque já se mexia bem agitado. Dezenas de operários, se via, eram operários endomingados, vagueavam por ali, indecisos, ar de quem não quer. Então nas proximidades do palácio, os grupos se apinhavam, conversando baixo, com melancolia de conspiração. Polícias por todo lado.

O 35 topou com o 486, grilo quase amigo, que policiava na Estação da Luz. O 486 achara jeito de não trabalhar aquele dia porque se pensava anarquista, mas no fundo era covarde. Conversaram um pouco de entusiasmo semostradeiro, um pouco de Primeiro de Maio, um pouco de "motins". O 486 era muito valentão de boca, o 35 pensou. Pararam bem na frente do Palácio das Indústrias que fagulhava de gente nas sacadas, se via que não eram operários, decerto os deputados trabalhistas, havia até moças, se via que eram distintas, todos olhando para o lado do parque onde eles estavam.

Foi uma nova sensação tão desagradável que ele deu de andar quase fugindo, polícias, centenas de polícias, moderou o passo como quem passeia. Nas ruas que davam pro parque tinha cavalarias aos grupos, cinco, seis, escondidos na esquina, querendo a discrição não ostentar força e ostentando. Os grilos ainda não faziam mal, são uns (palavrão)! O palácio dava ideia duma fortaleza enfeitada, entrar lá "drento", eu!... O 486 então, exaltadíssimo, descrevia coisas piores, massacres horrendos de "proletários" lá dentro, descrevia tudo com a visibilidade dos medrosos, o pátio fechado, dez mil proletários no pátio e os polícias lá em cima nas janelas, fazendo pontaria na maciota.

Mas foi só quando aqueles três homens bem-vestidos, se via que não eram operários, se dirigindo aos grupos vagueantes, falaram pra eles em voz alta: "Podem entrar! não tenham vergonha! podem entrar!" com voz de mandando assim na gente... O 35 sentiu um medo franco. Entrar ele! Fez como os outros operários: era impossível assim soltos, desobedecer aos três homens bem-vestidos, com voz mandando, se via que não eram operários. Foram todos obedecendo, se aproximando das escadarias, mas o maior número, longe da vista dos três homens, torcia caminho, iam se espalhar pelas outras alamedas do parque, mais longe.

Esses movimentos coletivos de recusa acordaram a covardia do 35. Não era medo, que ele se sentia fortíssimo, era pânico. Era um puxar unânime, uma fraternidade, era carícia dolorosa por todos aqueles companheiros fortes tão fracos que estavam ali também pra... pra celebrar? pra... O 35 não sabia mais pra quê. Mas o palácio era grandioso por demais com as torres e as esculturas, mas aquela porção de gente bem-vestida nas sacadas enxergando eles (teve a intuição violenta de que estava ridiculamente vestido), mas o enclausuramento na casa fechada, sem espaço de liberdade, sem ruas abertas pra avançar, pra correr dos cavalarias, pra brigar... E os polícias na maciota, encarapitados nas janelas, dormindo na pontaria, teve ódio do 486, idiota medroso! De repente o 35 pensou que ele era moço, precisava se sacrificar: se fizesse um modo bem visível de entrar sem medo no palácio, todos haviam de seguir o exemplo dele. Pensou, não fez. Estava tão opresso, se desfibrara tão rebaixado naquela mascarada de socialismo, naquela desorganização trágica, o 35 ficou desolado duma vez. Tinha piedade, tinha amor, tinha fraternidade, e era só. Era uma sarça ardente, mas era sentimento só. Um sentimento profundíssimo, queimando, maravilhoso, mas desamparado, mas desamparado. Nisto vieram uns cavalarias, falando garantidos:

— Aqui ninguém não fica não! a festa é lá dentro, me'rmão! no parque ninguém não para não!

Cabeças-chatas... E os grupos deram de andar outra vez, de cá para lá, riscando no parque vasto, com vontade, com medo, falando baixinho, mastigando incerteza. Deu um ódio tal no 35, um desespero tamanho, passava um bonde, correu, tomou o bonde sem se despedir do 486, com ódio do 486, com ódio do Primeiro de Maio, quase com ódio de viver.

O bonde subia para o centro mais uma vez. Os relógios marcavam quatorze horas, decerto a celebração estava principiando, quis voltar, dava muito tempo, três minutos pra descer a ladeira, teve fome. Não é que tivesse fome, porém o 35 carecia de arranjar uma ocupação senão arrebentava. E ficou parado assim, mais de uma hora, mais de duas horas, no Largo da Sé, diz-que olhando a multidão.

Acabara por completo a angústia. Não pensava, não sentia mais nada. Uma vagueza cruciante, nem bem sentida, nem bem vivida, inexistência fraudulenta, cínica, enquanto o Primeiro de

Maio passava. A mulher de encarnado foi apenas o que lhe trouxe de novo à lembrança a moça do apartamento, mas nunca que ele fosse até lá, não havia pretexto, na certa que ela não estava sozinha. Nada. Havia uma paz, que paz sem cor por "drento"...

Pelas dezessete horas era fome, agora sim, era fome. Reconheceu que não almoçara quase nada, era fome, e principiou enxergando o mundo outra vez. A multidão já se esvaziava, desapontada, porque não houvera nem uma briguinha, nem uma correria no Largo da Sé, como se esperava. Tinha claros bem largos, onde os grupos dos polícias resplandeciam mais. As outras ruas do centro, essas então quase totalmente desertas. Os cafés, já sabe, tinham fechado, com o pretexto magnânimo de dar feriado aos seus "proletários" também.

E o 35 inerme, passivo, tão criança, tão já experiente da vida, não cultivou vaidade mais: foi se dirigindo num passo arrastado para a Estação da Luz, pra os companheiros dele, esse era o domínio dele. Lá no bairro os cafés continuavam abertos, entrou num, tomou duas médias, comeu bastante pão com manteiga, exigiu mais manteiga, tinha um fraco por manteiga, não se amolava de pagar o excedente, gastou dinheiro, queria gastar dinheiro, queria perceber que estava gastando dinheiro, comprou uma maçã bem rubra, oitocentão! foi comendo com prazer até os companheiros. Eles se ajuntaram, agora sérios, curiosos, meio inquietos, perguntando pra ele. Teve um instinto voluptuoso de mentir, contar como fora a celebração, se enfeitar, mas fez um gesto só, (palavrão) cuspindo um muxoxo de desdém pra tudo.

Chegava um trem e os carregadores se dispersaram, agora rivais, colhendo carregos em porfia. O 35 encostou na parede, indiferente, catando com dentadinhas cuidadosas os restos da maçã, junto aos caroços. Sentia-se cômodo, tudo era conhecido velho, os choferes, os viajantes. Surgiu um farrancho que chamou o 22. Foram subir no automóvel mas afinal, depois de muita gritaria, acabaram reconhecendo que tudo não cabia no carro. Era a mãe, eram as duas velhas, cinco meninos repartidos pelos colos e o marido. Tudo falando: "Assim não serve não! As malas não vão não!" aí o chofer garantiu enérgico que as malas não levava, mas as maletas elas "não largaram não", só as malas grandes que eram quatro. Deixaram elas com o 22, gritaram a direção e partiram na gritaria. Mais cabeça-chata, o 35 imaginou com muita aceitação.

O 22 era velhote. Ficou na beira da calçada com aquelas quatro malas pesadíssimas, preparou a correia, mas coçou a cabeça.

— Deixa que te ajudo, chegou o 35.

E foi logo escolhendo as duas malas maiores, que ergueu numa só mão, num esforço satisfeito de músculos. O 22 olhou pra ele, feroz, imaginando que o 35 propunha rachar o ganho. Mas o 35 deu um soco só de pândega no velhote, que estremeceu socado e cambaleou três passos. Caíram na risada os dois. Foram andando.

O apaixonado da coisa popular

IVAN MARQUES

Porém eu sou seu amigo
E quero ver si consigo
Não passar na sua vida
Numa indiferença enorme.

"Dois poemas acreanos"

UMA CENA SIMBÓLICA

Personalidade inquieta, múltipla e ciclópica ("eu sou trezentos e cinquenta", afirmou em verso famoso), Mário de Andrade não cabia no próprio corpo. Por meio de escritos, leituras, conversas, cartas e viagens, exercitou sempre a arte do encontro e procurou esparramar-se com passos de gigante pelo país inteiro. O esforço, porém, não foi pequeno. Ao contrário do que se pensa, os caminhos do movimento modernista — e do criador de *Macunaíma, o herói sem nenhum caráter* (1928) — nunca foram retilíneos ou livres de obstáculos.

Na trilha embaraçosa dos contatos com o povo, essenciais ao projeto do Modernismo, a dificuldade surge em toda parte, até mesmo no contexto eufórico de afirmação do nacionalismo estético, em meados da década de 1920. O volume de poemas *Clã do jabuti* (1927) é uma obra totalizante que, em meio a cocos, modas e toadas, exibe histórias de toda a "raça morena", à qual orgulhosamente dizia pertencer o escritor, e algumas das principais amostras do seu "brasileirismo desesperado". Nas últimas páginas, entretanto, há uma célebre composição dedicada ao seringueiro do Acre, na qual também se revelam, em via oposta e inesperada, todas as dúvidas e desconfianças do "poeta do sul" diante da imensidão de sua matéria *nacional*, *popular* e *bárbara*.

A situação descrita em "Dois poemas acreanos" tem algo de uma cena simbólica: cercado de livros e protegido em seu gabinete, o escritor sente um "friúme por dentro" ao lembrar-se do seringueiro que vive lá no Norte, "muito longe de mim", a despeito de ser "um brasileiro que nem eu". O que está em jogo não é apenas a distância geográfica, mas o abismo que separa as classes sociais, tornando complexas as relações entre o intelectual e o povo, entre a cultura erudita e a cultura popular.

"Queria enxergar você... / Apalpar você dormindo", diz o poeta ao seringueiro. Mais do que simplesmente ver, o impulso insaciável é de enxergar (reparar, notar) e mesmo de apalpar (examinar com as mãos, sentir). Mais do que o colorido e o pitoresco das manifestações populares "para inglês ver", o poeta almeja conhecer a fisionomia íntima do povo, a psicologia do homem brasileiro — segredo a ser desvendado em sua forma nua, "na escureza da floresta", na inteireza de sua primitividade. Daí a dedicação apaixonada ao estudo da cultura popular. O folclore era visto por Mário de Andrade como um instrumento para a descoberta da identidade nacional. A pesquisa das fontes populares deveria resultar numa arte engajada e ao mesmo tempo crítica, sem as falsidades do "nacionalismo de estandarte", de extração romântica, tão deplorado por ele a certa altura.

Nessa primeira fase do Modernismo, vivia-se ainda a febre da "especulação estética". O objetivo principal de Mário era levantar uma farta documentação sobre a cultura brasileira, na qual poetas e músicos pudessem buscar inspiração e alimento. Mais tarde, ao longo da década de 1930, a investigação deixaria de ser meramente instrumental para adquirir caráter mais científico.

A cultura popular foi pensada durante muito tempo como totalidade fechada em si mesma, alheia ao movimento histórico-social. Como produção autônoma, era vista pelos intelectuais a partir de pontos de vista extremados, que se inclinavam ora para a desqualificação e a recusa (perspectiva racional, iluminista), ora para o entusiasmo fácil diante do vigor e da "autenticidade" das manifestações populares (perspectiva romântica).

No dizer de Alfredo Bosi, só mesmo uma "relação amorosa", a salvo do preconceito, baseada em profundo enraizamento, é que poderia validar a ligação do artista culto com a vida popular.[1] Atração e encantamento não bastam. O "arrepio diante do selvagem" pode ser arrebatador, como demonstra Mário de Andrade em outro poema de *Clã do jabuti*, "Carnaval carioca", no qual sua "frieza de paulista", associada a "preconceitos eruditos", é contraposta ao "sangue ardendo do povo". Todavia, enquanto os intelectuais permanecerem destacados, sem partilhar com o povo uma "identidade de concepção do mundo", nas palavras do filósofo italiano Antonio Gramsci,[2] não haverá qualquer possibilidade de aproximação. O arrepio será infecundo se não houver, para além do "friúme" sentido "por dentro", apropriação e vivência reais dos sentimentos populares.

Na década de 1920, embora já esteja a braços com documentos folclóricos, resultantes de suas coletas pessoais, Mário de Andrade tem um contato apenas "literário" com o povo e sua cultura. Em "Dois poemas acreanos", ao reiterar a afirmação da identidade — o fato de o longínquo homem do Acre ser "brasileiro que nem eu" —, o que ele faz é aprofundar o sentimento de alteridade e estranheza, pois está claro que o intelectual da cidade e o habitante da floresta pertencem a universos distintos. Entre os dois, há a enorme distância que afasta a erudição livresca e o "saber tradicional do povo". O poeta sabe que é inviável o encontro: "não nos veremos jamais". Além da vastidão de léguas, um "despotismo de livros" o separa da realização do seu "amor de amigo" que, impedido de expandir-se, termina sendo rotulado de "amor infeliz". Poderíamos falar ainda em "quase amor", expressão usada por Mário para definir seu estado de espírito diante das composições populares brasileiras[3] — fórmula sem dúvida pertinente, pois capta não só a simpatia, mas também a impossibilidade do amor pleno e realizado.

DO GABINETE AO AR LIVRE

Em maio de 1927, Mário de Andrade deixa a sua casa na Barra Funda, em São Paulo, e embarca para o Norte do país, em sua primeira viagem etnográfica. Durante três meses, navega "pelo Amazonas até o Peru, pelo Madeira até a Bolívia e por Marajó até dizer chega". Já possuía em mãos uma primeira versão de *Macunaíma*, obra-síntese do Modernismo, que não é apenas um feixe de lendas, mas um romance moderno, inclassificável, construído segundo modelos arcaicos da literatura popular. O livro seria complementado com os dados colhidos na viagem.

De acordo com Gilda de Mello e Souza, a experiência vivida por Mário pode ser comparada à dos pintores impressionistas, que no século XIX abandonaram o ateliê para trabalhar ao ar livre, junto ao *motivo*. Acrescenta a ensaísta:

> Ao se dirigir do Sul europeizado para o Nordeste e a região amazônica, Mário de Andrade não visava apenas identificar-se com a diferença brasileira, mas confrontar duas imagens diversas do Brasil: a que ele forjara no gabinete através de uma infinidade de leituras — e de certo modo fixara em *Macunaíma* — e a que pretendia elaborar agora, a partir do contato direto com a realidade.[4]

Na primeira viagem, ainda sem planos de estudo, mas observando tudo meticulosamente, o escritor tem a oportunidade de ver de perto — e não mais apenas "por tabela", como exprimiu em "Dois poemas acreanos" — danças dramáticas do Amazonas e do Pará. A segunda viagem ocorreria já no final do ano seguinte, desta vez apenas ao Nordeste. Entre dezembro de 1928 e março de 1929, Mário de Andrade aprofunda a pesquisa de campo: ouve cantorias, cocos e emboladas, anota versos, colhe ritmos, estuda autos populares, assiste à Chegança, fecha o corpo e — experiência decisiva — escuta Chico Antônio, inesquecível cantador "que represara na voz as quenturas do sol". A dedicação era tanta que, em suas andanças, Mário ganhou o apelido de Doutor do Boi. Segundo o etnógrafo Luiz da Câmara Cascudo, que o hospedou em Natal, era assim que os homens do povo se referiam ao escritor: "Aquele é o doutor que veio de São Paulo estudá o Boi".[5]

É sob o signo do contato, portanto, e não mais da contemplação à distância, que se estabelece a segunda fase das relações de Mário de Andrade com o povo e a cultura popular. Até então, o envolvimento dos modernistas com a matéria brasileira se dera por intermédio do primitivismo assimilado com as vanguardas europeias, especialmente com o poeta franco-suíço Blaise Cendrars, a quem Mário, Oswald de Andrade e Tarsila do Amaral, entre outros, haviam ciceroneado na viagem de 1924 às cidades históricas de Minas Gerais.

Na Europa, desde o começo do século se difundiam a curiosidade folclórica e a onda primitivista — tentativas de recuperar o encantamento das origens, perdido com a crescente racionalização das sociedades modernas. No contexto brasileiro, porém, havia uma diferença, bem notada por Antonio Candido: o fato de as culturas primitivas se misturarem à vida cotidiana ou serem "reminiscências ainda vivas de um passado recente" mudava tudo, fazendo as ousadias parecerem mais coerentes com a nossa herança cultural do que com a deles.[6] Guiados pelo exemplo das vanguardas europeias, os escritores e artistas da década de 1920 acabaram por reencontrar e revalorizar a sua própria tradição: a cultura popular, a arte barroca, o "mergulho no detalhe brasileiro" que parecia tornar a sua produção mais moderna do que a os próprios centros da modernidade. "Tupi or not tupi, that is the question" — o famoso brado oswaldiano foi a cifra de um primitivismo radical, encabeçado pela metrópole industrial paulista.

Nos poemas de *Pauliceia desvairada* (1922), o canto da cidade cosmopolita, com suas neblinas frias e perfumes de Paris, se faz acompanhar da constatação de que o "tipicamente brasileiro" (a tradição) estaria distante. Já em *Macunaíma* fica evidente o conflito entre os espaços da selva e da cidade, isto é, entre a indolência do mundo primitivo, com sua promessa de poesia, e os valores da modernidade (ordem, trabalho, razão). Ao se aventurar pela Amazônia, Mário de Andrade, além de ficar deslumbrado com a paisagem, como tantos viajantes, sente que de fato penetrou num país desconhecido, cuja primitividade estava inteiramente a salvo de nossa "civilização importada", construída à base de imitações e que, por essa razão, era vista por ele como ainda mais "selvagem". Na Amazônia, o homem poderia viver sem contradições com a sua geografia, e isso, segundo ele, é que definia propriamente a "civilização".

Viajar, para Mário, significa realmente sair de si mesmo. No seu diário, o viajante registra a progressiva desagregação do homem da cidade, a partir do momento em que ele decide renunciar à razão, dando lugar ao surgimento de certo estado de inocência: "Perco o sul da minha personalidade", escreve. Em *O turista aprendiz*, tudo converge para a crítica à sociedade dita civilizada. Além dos registros da viagem, o livro inclui divertidas parábolas, como a dos índios Do-Mi-Sol, descendentes das preguiças, ou a da tribo dos Pacaás Novos, "bastante curiosa pelos seus usos e costumes". O escritor cria satiricamente esses mundos virados do avesso, com a intenção de advertir o leitor sobre a relatividade e a precariedade de todos os códigos (o que para nós é natural, na perspectiva de outras culturas pode parecer aberrante, e vice-versa) e o absurdo que, a seu ver, implicava a transposição, para uma civilização tropical, das regras e referências do mundo ocidental. Tal convicção também é posta em evidência no final melancólico de *Macunaíma*, pois o herói seduzido por outras terras permanece incaracterístico, perdendo definitivamente a sua muiraquitã, amuleto de brasilidade.

Segundo Mário de Andrade, o progresso era uma ameaça não apenas ao folclore, mas à própria civilização brasileira. Daí a valorização da sensibilidade, do ócio, da sabedoria e da poesia que o escritor colheu avidamente em suas andanças pelo país. Mas as viagens etnográficas, ao ampliar o contato com a realidade, lançaram-no em um novo estágio, para o qual já não bastavam a "especulação estética" e o "brasileirismo de estandarte". Seu objetivo já não era simplesmente pesquisar e retirar elementos da fonte popular, mas identificar-se de corpo e alma com o Brasil, certo de que "uma arte nacional já está feita na inconsciência do povo".[7] Se o escritor fosse também povo, e não apenas seu suposto porta-voz, talvez fosse possível sair de vez do gabinete e reinventar não só a arte, mas o próprio país.

A BUSCA DO POPULAR

O contato de Mário de Andrade com a matéria popular brasileira foi pessoal, íntimo, intenso e diversificado. Como escritor, recriou temas e formas da cultura do povo, especialmente em *Macunaíma*, espécie de introdução ao folclore brasileiro, "a mais agradável que se poderia imaginar", no dizer de Florestan Fernandes.[8] Como pesquisador, além de estudar as obras de folcloristas e etnógrafos, colheu e registrou vasta documentação sobre literatura, música, dança, religiosidade e medicina do povo. Colhia "atabalhoadamente", como confessou em carta a Manuel Bandeira,[9] mas sempre preocupado com a exatidão das transcrições e a sistematização do material.

Mário se considerava menos um cientista do que um "amador em folclore". Em diversas ocasiões, reiterou que não era folclorista: "Minha intenção é fornecer documentação pra músico e não passar vinte anos escrevendo três volumes sobre a expressão fisionômica do lagarto...".[10] Em 1937, porém, ao escrever sobre um estudo de Câmara Cascudo a respeito dos catimbós, o autor de *Clã do jabuti* não perdoa ao amigo potiguar o seu "jeito anticientífico" e a falta de informação sobre como foram colhidos os dados, sua origem etc. E o pior, acrescenta, é que o amigo tinha tudo ao alcance dos olhos e das mãos: "Você tem a riqueza folclórica aí passando na rua a qualquer hora".[11] Antes de colher, dizia, era preciso aprender a colher, sempre evitando "mastigar documentação alheia" quando se podia fazer observação direta e pessoal. Já Câmara Cascudo elogiou o fato de Mário de Andrade, desorganizado só na aparência, ser "o mais técnico, cauto, disciplinado dos brasileiros". Destacando sua atuação multifacetada na cultura do país, chamou-o ainda de "homem dos sete instrumentos".[12]

No trato com a literatura popular e o folclore musical, lidando com sua infinita variedade de manifestações — "infixidez assombrosa", segundo o escritor —, e procurando classificá-la de modo rigoroso, o que mais o preocupava era identificar a persistência de processos e técnicas de composição. Estas, a seu ver, poderiam definir os traços essenciais da sensibilidade do povo brasileiro, fundamento da cultura nacional. As diversas tendências verificadas no estudo das formas populares — como, por exemplo, a busca do ritmo, a metrificação, "a obsessão de repetir", o gosto da palavra sonora e da associação de imagens, certo desprezo à lógica, a tristeza da expressão musical etc. — teriam sua origem em "nossa própria organização psicológica".[13]

Em toda a pesquisa, o folclorista e o literato andavam de mãos dadas. Por meio da análise da estética popular, o escritor aprimorava as bases do seu projeto artístico. Ao mesmo tempo, o pesquisador do folclore afinava seus instrumentos, propunha novos métodos de coleta e interpretação de dados e fazia a crítica dos trabalhos existentes, consciente de que os estudos de qualidade científica, naquela época, eram ainda "de produção miserável entre nós".[14] De investigação acessória, secundária em relação ao trabalho artístico, o folclore foi se tornando, na vida de Mário de Andrade, um interesse central, importando em si mesmo. Simultaneamente, na passagem entre as décadas de 1930 e 40, ocorria um salto no conhecimento do folclore no Brasil, com o início dos estudos universitários e a chegada de mestres estrangeiros como Roger Bastide, com quem o escritor manteve importante diálogo.

A formação etnográfica de Mário de Andrade começou já na chamada fase heroica do Modernismo. Entre as fontes de sua obra literária, estão Barbosa Rodrigues, Capistrano de Abreu, Couto de Magalhães, Pero Vaz de Caminha e outros cronistas do período colonial e, sobretudo, o etnógrafo alemão Theodor Koch-Grünberg, que havia recolhido na região amazônica um conjunto de lendas ameríndias, do qual o escritor extraiu o seu herói sem nenhum caráter. Além da influência dos movimentos europeus de vanguarda, também pesaram no primitivismo dos modernistas as teorias de Freud e do antropólogo francês Levy-Brühl, criador do conceito de "mentalidade pré-lógica", bem como o pensamento de Spengler e Keyserling, com sua interpretação das culturas americanas em oposição às ideias evolucionistas. Por meio desses autores, o escritor incorporou muito das ideias sobre cultura popular que vinham do romantismo alemão, especialmente o ideal de constituição de uma cultura autêntica com esteio no universo popular, defendida pelos nacionalismos emergentes.

No estudo do folclore brasileiro, Mário seguiu ainda as lições de Frazer, identificando na tradição do bumba meu boi, por exemplo, a presença dos ritos de vegetação, isto é, a preocupação, encontrada em todos os povos, com a terra e a subsistência. Segundo Telê Porto Ancona Lopez, essa inspiração teórica, associada ao primitivismo e à origem mágico-religiosa dos fatos folclóricos, continuará presente até os escritos do final dos anos 1930, mesmo após a superação do nacionalismo estético, e a despeito do alargamento de sua base científica, que àquela altura passou a reunir conhecimentos de Etnografia, Antropologia, História, Sociologia, Literatura e Folclore.[15]

É verdade que Mário de Andrade permaneceu fiel a um conceito romântico de povo — entendido como simples, primitivo, irracional, puro, vivendo em estado de mito e de poesia — e a uma ideia, também romântica, da cultura popular como guardiã das tradições ameaçadas pelo progresso capitalista e pelo "desencantamento do mundo". Em contrapartida, é importante destacar o avanço de suas proposições, especialmente a ênfase nos processos de criação da cultura popular, e não simplesmente nos produtos cristalizados. De acordo com Marcos e Maria Ayala, uma de suas principais contribuições foi discutir o caráter tradicional como requisito para a pesquisa folclórica em países novos como o Brasil e num contexto marcado pela rapidez das transformações.[16] A inclusão da cultura popular urbana, quando a tendência era levar em conta apenas o folclore rural, e o conceito "tradições móveis", que mudam conforme as circunstâncias, também introduzem novas perspectivas, como a consideração do contexto social de produção das manifestações culturais, ponto valorizado nos estudos acadêmicos das últimas décadas. Ao contrário de pensadores como o saudosista Gilberto Freyre, interessado na "preservação" das tradições, e mesmo de seu amigo Câmara Cascudo que, seguindo a moda antiga, via o folclore como resíduo ou "sobrevivência" do passado, Mário teve olhos para vê-lo como fato social e realidade do presente.

Com tanta argúcia e originalidade, era natural que se entrosasse com Roger Bastide e seus discípulos da recém-criada Universidade de São Paulo. De acordo com o sociólogo francês, "o folclore não flutua no ar, só existe encarnado numa sociedade, e estudá-lo sem levar em conta essa sociedade é condenar-se a apreender-lhe apenas a superfície".[17] Este havia sido, justamente, o desafio imposto a si mesmo por Mário de Andrade: longe do ideal primitivista e da ligação proposta pelos românticos entre cultura popular e cultura nacional, para além das tão recorrentes "descobertas do Brasil", era preciso conhecer a cultura do povo não só com amor, mas também com a profundidade dada pelo distanciamento, sem ignorar suas determinações sociais.

IMAGENS DO POVO

O movimento modernista foi diversas vezes acusado de ter feito uma incursão superficial pela vida brasileira. Para os romancistas nordestinos, alinhados ao pensamento regionalista e tradicionalista de Gilberto Freyre (uma das bases da ideologia do Estado Novo), a obra da geração de 1922 teria se restringido ao folclore e ao primitivismo, divorciando-se da terra e do povo. De acordo com esses críticos, só a partir da década de 1930 é que o povo finalmente ganharia existência concreta na literatura. Outra ideia que se generalizou é a de que, além do ambiente selvagem da floresta, apenas a metrópole industrial e cosmopolita teria sido utilizada como espaço pelos modernistas da fase heroica. Entre os dois extremos, estaria o vasto e ignorado Brasil, para o qual teriam voltado suas costas.

No caso de Mário de Andrade, tais considerações valeriam, com certeza, para uma obra como *Pauliceia desvairada*. Produzida no calor do "momento futurista", a poesia desse livro inaugural, a despeito do deslocamento e até mesmo da rejeição do eu lírico, tem como centro a cidade moderna. E, embora já contenha a pesquisa da fonte popular, com o emprego destacado de pregões e versos carnavalescos, o que prevalece, conforme observou Telê Porto Ancona Lopez, é a visão chapada do povo como "turba" e confusão, massa sem nenhuma individualização, "conceito ainda esfumaçado".[18]

Em sua etapa pré-modernista, porém, ao escrever contos como "Caso pansudo", "Caçada de macuco" e "História com data", depois reunidos no volume *Primeiro andar* (1926), o autor já demonstrara seu interesse pelo material popular e pela zona rural, recriando narrativas ouvidas de seu primo Pio Lourenço Corrêa, fazendeiro de Araraquara. Na década de 1920, a experiência teria continuidade nas narrativas que compõem *Os contos de Belazarte*, ambientadas nos bairros periféricos da capital. Em países como o Brasil, praticamente não há fronteiras entre as zonas rural e urbana: "no geral, onde a cidade acaba, o campo principia", escreveu Mário de Andrade.[19] Por essa razão, isto é, por julgar que o espírito das cidades continua rural, é que ele também defendia a valorização do folclore urbano.

Os contos de Belazarte apareceram em livro apenas em 1934, mas sua primeira publicação ocorreu bem antes, entre 1923 e 1926. Construídas à distância do primitivismo e da pesquisa folclórica, mas a partir de uma comovente aproximação ao cotidiano das classes populares, narrativas como "Piá não sofre? Sofre." e "Túmulo, túmulo, túmulo" não deixam dúvidas quanto à realização, no Modernismo, de uma efetiva "ida ao povo". O mais importante, porém, é notar a consciência crítica do escritor, para além da concepção romântica do popular. Na obra literária de Mário de Andrade, o amor ao povo não é retórico, falso e tampouco incondicional. Como a relação é de "quase amor", cresce o espaço para uma visão mais equilibrada e realista, que não oblitera as dificuldades de um contato, por natureza, tortuoso, truncado e incompleto.

Encontro ou choque? Atração ou desprezo? A dúvida sobressai em diversas passagens da obra, como o surpreendente conto "Briga das pastoras", escrito em 1939. Como folclorista, o autor vivia na época a sua fase de plena maturidade. Como literato, porém, estava propenso às reflexões amargas sobre a sua geração, e o conto, que para ele exibia "uma atitude cafajeste da inteligência nacional",[20] pode até ser incluído entre os balanços negativos. Evocando lembranças da viagem feita ao Nordeste dez anos antes, o escritor narra a experiência de assistir a um pastoril no mocambo de uma prostituta, cuja pobreza era repulsiva: "Num relance me arrependi de ter vindo. Era a coisa mais miserável, mais degradantemente desagradável que jamais vira em minha vida".

O quadro é horripilante: o povo que o narrador descreve não é o que esperava encontrar. Por trás da pujança cultural, descortina-se o atraso econômico e social do país. A busca da exuberante cultura nacional, movida inicialmente apenas pelos pressupostos de um programa estético e ideológico, esbarra num espetáculo hediondo — o povo e suas enormes carências —, que revela de modo cru, sem eufemismos, o desastre social brasileiro. "Briga das pastoras" põe em evidência o abismo existente entre o saber acumulado ao longo de anos por um viajante interessado na cultura do povo (mas bem abrigado e alimentado na casa-grande da fazenda) e o conhecimento advindo do contato com a realidade adversa em que vive esse mesmo povo. O modernista compreende que, para fazer a travessia até o povo, é preciso também "enxergar" e "apalpar" a sua paupérrima existência. No conto, dois sentimentos disputam o narrador: o desejo de partir — "me livrar daquele ambiente sem nenhum interesse folclórico, e que me repugnava pela sordidez" — e a comoção, palavra-chave em Mário de Andrade, "com toda aquela miséria, miséria de tudo" (repare o leitor na maneira reiterativa, circular e totalizadora como ele formula seu desencanto ou impotência diante do que parece não ter solução).

Os titubeios espelham a crise. Algo escapa ao controle desse intelectual que, experimentando a tão desejada intimidade com o povo, parece se sentir desarmado. Diante de tamanha miséria, esvai-se completamente o interesse pelo folclore, que era tão vivo no começo da aventura. O narrador tem a impressão de que oferece ao público um relato decepcionante, fora dos eixos, uma iguaria estranha que não corresponde à promessa inicial, como se, diante do choque rememorado, a sua própria receita de escrever contos tivesse desandado. A desconstrução da narrativa parece indicar a consciência de que, em face da miséria, é a literatura que se torna repugnante. Tal é o efeito da alteridade radical que irrompe na experiência do escritor. Além de descompor as suas fantasias em torno da identidade nacional ou popular, ela o ensina a defender, como fará nos anos seguintes, o exercício da arte como uma forma de contato, a literatura saindo de si mesma, esfacelando-se, com vistas à aproximação social. A crise está ligada à negação da unidade "nacional-popular", desmascarada em "Briga das pastoras" pela aberrante entrada em cena das desigualdades sociais.

A decepção do folclorista faz lembrar também a tristeza e o desconcerto vividos pelo escritor, ao redigir as últimas páginas de *Macunaíma*, diante da constatação do fracasso do herói. As suas insuficiências tornavam impensável a síntese costurada pela narrativa — e com isso as ideias de povo e nação ficavam suspensas. Embasado em estudos nas áreas da sociologia, da antropologia e da psicologia, Mário de Andrade foi elaborando um conceito de povo menos sujeito a idealizações. Em suas pesquisas sobre a cultura popular, levantou aspectos negativos como a ausência de espírito crítico e a predominância de uma moral conservadora e discriminatória. Sobre os provérbios, sentenciou: são "um dos mais terríveis meios de estagnação da humanidade" e, por essa razão, "vivem na boca do povo, que é ramerrâmico e tradicional".[21] Em *O banquete*, a respeito da possibilidade de uma arte para o povo, escreveu: "Pelo menos enquanto o povo for folclórico por definição, isto é: analfabeto e conservador, só existirá uma arte para o povo, a do folclore".[22] Em diálogo com Roger Bastide, chegou a definir o fenômeno folclórico como "produto erudito que se desnivela",[23] apontando sua dependência e inferioridade numa sociedade de classes. É o que ensina Gramsci: como o povo é a classe subalterna, "o folclore sempre esteve ligado à cultura da classe dominante".[24]

Por não falsear ou idealizar o povo, atribuindo-lhe poder ou autonomia impossíveis, e por se contrapor criticamente às ideias de síntese e de unidade, defendidas pela perspectiva romântica e populista, podemos concluir mais uma vez que Mário de Andrade esteve realmente à frente do seu tempo. Não apenas como folclorista que ajudou a renovar e consolidar os estudos da cultura popular no país, prenunciando em muitos aspectos as revisões do assunto, de base gramsciana, que se desenvolveram nas últimas décadas, mas também como escritor modernista e moderno que se esforçou para problematizar a noção de povo, numa tentativa de interromper seu ocultamento em meio a tantas "descobertas do Brasil", quase sempre motivadas por uma atitude preconceituosa, "cafajeste", desinteressada — ou, como exprimiu o poeta, uma "indiferença enorme".

NOTAS

1 Alfredo Bosi, "Cultura brasileira e culturas brasileiras". In: *Dialética da colonização*. São Paulo: Companhia das Letras, 1992, p. 331.

2 Antonio Gramsci, *Literatura e vida nacional*. Tradução e seleção de Carlos Nelson Coutinho. Rio de Janeiro: Civilização Brasileira, 1978, p. 104.

3 Cf. Florestan Fernandes, "Mário de Andrade e o folclore brasileiro". *Revista do Instituto de Estudos Brasileiros*. São Paulo: IEB/USP, n. 36, p. 153, 1994.

4 Gilda de Mello e Souza, "O mestre de Apipucos e o turista aprendiz". In: *A ideia e o figurado*. São Paulo: Duas Cidades/Editora 34, 2005, p. 57.

5 Cf. Marcos Antonio de Moraes (org.). *Câmara Cascudo e Mário de Andrade: cartas, 1924-1944*. São Paulo: Global, 2010, p. 352.

6 Antonio Candido, "Literatura e cultura de 1900 a 1945". In: *Literatura e sociedade*. São Paulo: Companhia Editora Nacional, 1976, p. 121.

7 Cf. Vanessa Daufenback, *Mário de Andrade e a cultura popular brasileira* (dissertação de mestrado). Araraquara; Unesp, 2008, p. 64.

8 Florestan Fernandes, op. cit., p. 150.

9 Cf. Marcos Antonio de Moraes (org.), *Correspondência: Mário de Andrade & Manuel Bandeira*. São Paulo: Edusp/IEB, 2001, p. 607.

10 Mário de Andrade, *O turista aprendiz*. São Paulo: Duas Cidades, 1983, p. 232.

11 Cf. Marcos Antonio de Moraes (org.), *Câmara Cascudo e Mário de Andrade: cartas, 1924-1944*, op. cit., p. 296.

12 Ibid., p. 353

13 Cf. Telê Porto Ancona Lopez, *Mário de Andrade: ramais e caminho*. São Paulo: Duas Cidades, 1972, p. 171-191.

14 Cf. Marcos Antonio de Moraes (org.), *Câmara Cascudo e Mário de Andrade: cartas, 1924-1944*, op. cit., p. 363.

15 Cf. Telê Porto Ancona Lopez, op. cit., p. 104.

16 Cf. Marcos Ayala e Maria Ignez Novais Ayala, *Cultura popular no Brasil*. São Paulo: Ática, 1987, p. 26-27.

17 Ibid., p. 32.

18 Cf. Telê Porto Ancona Lopez, op. cit., p. 77.

19 Cf. Marcos Ayala e Maria Ignez Novais Ayala, op. cit., p. 28.

20 Cf. Irenísia Torres de Oliveira, "Tradição e crítica nos contos de Mário de Andrade: as agruras da ida ao povo". In: Irenísia Torres de Oliveira e Iumna Maria Simon (orgs.). *Modernidade e tradição na literatura brasileira: diversidades regionais*. São Paulo: Nankin, 2010, p. 34.

21 Mário de Andrade, "Momento pernambucano". In: *Os filhos da Candinha*. Rio de Janeiro: Agir, 2008, p. 155.

22 Mário de Andrade, *O banquete*. São Paulo: Duas Cidades, 1989, p. 61.

23 Cf. Telê Porto Ancona Lopez, op. cit., p. 168.

24 Antonio Gramsci, op. cit., p. 189.

Referências bibliográficas

OBRAS DE MÁRIO DE ANDRADE

ANDRADE, Mário de. *O banquete*. São Paulo: Duas Cidades, 1989.

______. *Clã do jabuti*. In: *Poesias completas*. Edição crítica de Diléa Zanotto Manfio. Belo Horizonte: Itatiaia, 2005.

______. *Os contos de Belazarte*. Coordenação de Telê Porto Ancona Lopez. Estabelecimento de texto de Aline Nogueira Marques. Rio de Janeiro: Agir, 2008.

______. *Contos novos*. Coordenação de Telê Porto Ancona Lopez. Estabelecimento de texto de Hugo Camargo Rocha e Aline Nogueira Marques. Rio de Janeiro: Nova Fronteira, 2011.

______. *Os filhos da Candinha*. Coordenação de Telê Porto Ancona Lopez. Estabelecimento de texto e notas de João Francisco Franklin Gonçalves. Rio de Janeiro: Agir, 2008.

______. *Macunaíma: o herói sem nenhum caráter*. Edição crítica e Telê Porto Ancona Lopez. Ilustrações de Pedro Nava. Rio de Janeiro: LTC, 1978, p. 26-9.

______. *Obra imatura*. Coordenação de Telê Porto Ancona Lopez. Estabelecimento de texto de Aline Nogueira Marques. Rio de Janeiro: Agir, 2009.

______. *Será o Benedito!: crônicas do suplemento em rotogravura de O Estado de S. Paulo (setembro de 1937-novembro de 1941)*. Apresentação de Telê Porto Ancona Lopez. São Paulo: Educ/Giordano/Agência Estado, 1992.

______. *O turista aprendiz*. 2. ed. Estabelecimento de texto, introdução e notas de Telê Porto Ancona Lopez. São Paulo: Duas Cidades, 1983.

______. *Vida do cantador*. Edição crítica de Raimunda Brito Batista. Belo Horizonte/Rio de Janeiro: Villa Rica, 1993.

OUTRAS OBRAS

AYALA, Marcos e AYALA, Maria Ignez Novais. *Cultura popular no Brasil*. São Paulo: Ática, 1987.

BOSI, Alfredo. "Cultura brasileira e culturas brasileiras". In: *Dialética da colonização*. São Paulo: Companhia das Letras, 1992, p. 308-345.

______. "A escrita e os excluídos". In: *Literatura e resistência*. São Paulo: Companhia das Letras, 2002, p. 257-269.

CANDIDO, Antonio. "Literatura e cultura de 1900 a 1945". In: *Literatura e sociedade*. São Paulo: Companhia Editora Nacional, 1976, p. 109-138.

CHAUI, Marilena. *Conformismo e resistência: aspectos da cultura popular no Brasil*. São Paulo: Brasiliense, 1986.

DAUFENBACK, Vanessa. *Mário de Andrade e a cultura popular brasileira* (dissertação de mestrado). Araraquara: Unesp, 2008. Disponível em: <repositorio.unesp.br/handle/11449/98967>. Acesso em: 1º out. 2015.

FERNANDES, Florestan. "Mário de Andrade e o folclore brasileiro". *Revista do Instituto de Estudos Brasileiros*, São Paulo: IEB/USP, n. 36, p. 141-158, 1994.

GRAMSCI, Antonio. *Literatura e vida nacional*. Tradução e seleção de Carlos Nelson Coutinho. Rio de Janeiro: Civilização Brasileira, 1978.

HARDMAN, Francisco Foot. "O impasse da celebração". In: BERRIEL, Carlos Eduardo (org.). *Mário de Andrade hoje*. São Paulo: Ensaio, 1990, p. 103-132.

LOPEZ, Telê Porto Ancona. *Mário de Andrade: ramais e caminho*. São Paulo: Duas Cidades, 1972.

MEYER, Marlise. "Um eterno retorno: as descobertas do Brasil". In: *Caminhos do imaginário no Brasil*. São Paulo: Edusp, 2001, p. 19-46.

MORAES, Marcos Antonio de (org.). *Correspondência: Mário de Andrade & Manuel Bandeira*. São Paulo: Edusp/IEB, 2001.

______ (org.). *Câmara Cascudo e Mário de Andrade: cartas, 1924-1944*. São Paulo: Global, 2010.

OLIVEIRA, Irenísia Torres de. "Tradição e crítica nos contos de Mário de Andrade: as agruras da ida ao povo". In: OLIVEIRA, Irenísia Torres de e SIMON, Iumna Maria (orgs.). *Modernidade e tradição na literatura brasileira: diversidades regionais*. São Paulo: Nankin, 2010, p. 29-49.

ORTIZ, Renato. *Cultura brasileira e identidade nacional*. São Paulo: Brasiliense, 1994.

PASTA JR., José Antônio. "Cordel, intelectuais e o Divino Espírito Santo (notas sobre artes do povo e estética da representação)". In: BOSI, Alfredo (org.). *Cultura brasileira: temas e situações*. São Paulo: Ática, 2002, p. 58-74.

RIBEIRO, Maria Aparecida Silva. *Mário de Andrade e a cultura popular*. Curitiba: Secretaria de Estado da Cultura, 1997.

SCHWARZ, Roberto. "Discutindo com Alfredo Bosi". In: *Sequências brasileiras*. São Paulo: Companhia das Letras, 1999, p. 61-85.

SOUZA, Gilda de Mello e. "O mestre de Apipucos e o turista aprendiz". In: *A ideia e o figurado*. São Paulo: Duas Cidades/Editora 34, 2005, p. 49-70.

IVAN MARQUES é professor de Literatura Brasileira na Universidade de São Paulo. É autor dos livros *Cenas de um modernismo de província: Drummond e outros rapazes de Belo Horizonte* (Editora 34, 2011) e *Modernismo em revista: estética e ideologia nos periódicos dos anos 1920* (Editora Casa da Palavra, 2013). Organizou também as antologias *O espelho e outros contos machadianos* (Editora Scipione, 2008), *Melhores poemas de Augusto Frederico Schmidt* (Editora Global, 2010) e *Clara dos Anjos e outros contos de Lima Barreto* (Editora Scipione, 2011), entre outros livros. Foi diretor do programa *Entrelinhas* e editor-chefe do programa *Metrópolis*, ambos da TV Cultura. Na mesma emissora, realizou documentários sobre literatura, como *Versos diversos: a poesia de hoje*, *Orides: a um passo do pássaro* e *Assaré: o sertão da poesia.*

MAURICIO NEGRO nasceu em São Paulo, em 1968. Formou-se em Comunicação Social pela ESPM. Escritor, ilustrador e designer gráfico, ilustrou mais de cem livros e participou de exposições e catálogos de destaque no Brasil e no mundo. É coordenador editorial da Coleção Muiraquitãs (Global Editora) e membro do conselho gestor da Sociedade dos Ilustradores do Brasil (SIB). Grande parte de seu trabalho é voltada para temas como mitologia, ancestralidade, meio ambiente, diversidade cultural e artística do Brasil. Recebeu inúmeros prêmios, nacionais e internacionais. É autor de *Por fora bela viola* (SM, 2014).

fontes Shakespeare First Folio e Ashbury
papel Pólen Bold 90 g/m²